我时常问自己　时间是什么
时间是漫长　是极限　是无尽
可也是这一刻　就在你刚拥有的这一刻
就永久失去了　不复重来
它总是悄悄弃我而去　作无声的告别

十年是一个狭长的想象　也是一个回不去的故乡
十年可以做一个无所畏惧的你　也可以被打磨得热血不曾
十年可以让你变成更好的样子　也可以让你变成自己曾经讨厌的人

但是我知道　无论这十年
我过得泥泞　灿烂　孤独　热烈　无闻　显赫　狼狈　体面
无论我失去　我获得　我胜利　或暂败
无论我爱了　拥有了　或放弃了
这都是我　是我们　最好的十年

我 们
最好的十年

Be With You

我们最好的十年

YUAN ZI HAO WORKS

苑 / 子 ～ 豪

作品

中国友谊出版公司

目 录

Contents

我 们 最 好 的 十 年 ━━━━━━━━━━━━━━━━━━━

Chapter 1
爱情在冬季死去

001

Chapter 2
回到秋天以前

063

Chapter 3
你知道夏天的秘密吗

167

Chapter 4
春眠不觉晓

253

尾声 / 310

番外 / 311

Be With You

我 们 最 好 的 十 年

Chapter 1

爱情在冬季死去

很多感情都是爱着爱着就散了，没什么天大的原因，也没什么不可缝合的缺口，只是经历的事情多了，失望就跟着多了，散了哪里还需要什么理由。那些地老天荒和所谓的一生挚爱，都会被时间抹去鲜艳的色彩，最终融成黯淡的人生背景色。

01

　　"这个婚你想离也得离，不想离也得离！"

　　光线昏暗的房间里，一个披头散发的女人声嘶力竭地哭喊着，她手里握着一份离婚协议书，眼神里都是决绝。

　　在女人的斜侧方，她的丈夫正双手拉住她，"我不同意！"

　　他企图让她冷静下来，可是布满红血丝的双眼和微微颤抖的唇角还是出卖了他的慌乱。

　　女人冷笑一声，挣开被缚住的手，抄起窗台上的花瓶，狠狠砸在地上。

　　玻璃噼里啪啦碎了一地，之后是长久的沉默与对峙。在男人以为这场闹剧终于平息的时候，女人却不知从哪儿拿到了一个打火机，抓住被角毫不犹豫地点燃了。

　　只一瞬间，铺天的火光燃起，凶猛的火势立刻侵占了大半个房间。烈火熊熊，女人在烟雾与热浪中肆意哭喊，她就站在大火中间，没多久就被吞没了。

男人跪在地上，无力地哭着，声音像是真空了一般发不出来。他的双手似乎也失去了力量，想捶打地面，却死死抬不起来。

"腾"的一声，方天霖从这个糟糕的噩梦中醒来。

他一个人躺在沙发上，头痛欲裂，发觉刚刚只是做了个噩梦后才长舒一口气，然后擦了擦脸上的汗。接着，他抬手揉了揉太阳穴，眉头无意识地紧了紧。

大抵是没有开空调的缘故，客厅里的闷热让他在短暂的小睡中做了一个关于着火的梦。

现在是凌晨三点，投影钟冷白色的光映在墙壁上。

方天霖从沙发上起身，借着光走向餐厅的吧台。

他拿出储存的冰块，轻声放进玻璃杯，兑入威士忌和苏打水，一杯 Highball 就这样动作熟练地调好了。其实他睡前已经是醉酒状态，只是想起刚才的噩梦，胸腔里持续扩散的躁郁感只有这股凉意能压下来。

即使已经清醒地意识到那不过是一场梦，他也忍不住在醒后咒骂了一句："至少做点什么啊！"

解释也好，哄一哄也好，强势一点阻止一下也好，出了问题不应该及时解决吗？为什么要僵在原地？

好像是忽然想通了什么，他像下定决心一般，转身将杯子放入水槽，轻手轻脚朝卧室走去。

门紧闭着，因为昨晚他又被妻子"隔离"了。

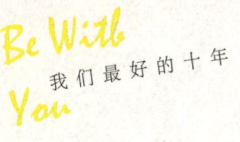

他太讨厌这种"隔离"了，这种冷战似的结了冰的状况，已经发生过不止一次了，还不如直接吵架来得痛快。

这些天，他除了应酬就是在武馆跟着教练疯狂练拳流汗，似乎只有这样，心中的压力才有可能被排出去。

然而每一次回到家，每一次踏进公司，那些令人窒息的紧迫感与躁郁又无孔不入地紧紧控制住他。

走廊拐角处有一盏小夜灯，是一个简单的笑脸图案，此刻好像在嘲笑他。

这个家里几乎所有的东西都是安晓月选的，从装修风格到家具，但都是依照他的喜好。

她太了解自己了，LED 投影钟，制冰机，酒杯和家里的香薰……

是啊，她太依着他了，所以不会哭不会闹，不会像梦里那个女人一样失控。

而他，也不会像梦里那个男人一样毫不作为。

他把手放在金属的门把手上，他知道门从里面锁上了，但他也知道自己拿了钥匙就能打开。

第一次，他主动打破这种"隔离"，用钥匙拧开了房间的门。

"晓月？"方天霖试探性叫了一声，话说出口才发现自己的声音这么沙哑。

她侧躺着，睡得还算安稳。

方天霖在她身边坐下来，看着她的眉眼出神。

他还记得自己第一次被这双眼睛惊艳到的时刻。

他们是成大校友。

那时候，方天霖刚刚入学，从在成大赫赫有名的话剧社招新会上见到安晓月的第一眼开始，他就再也无法把目光从她的身上移开了。

那个词是怎么说的来着？

一眼万年。

是了，这个词就是用来形容他们的初次相遇的。

方天霖有点想笑，工作以后很少有时间这样忆起学生时代，每日在商场里摸爬滚打，他都要忘记自己也曾经是个有点文艺的青年了。

可安晓月还是一点没变，妻子和妈妈的角色从来没有剥夺她身上的少女感，她依然是那个坐在画板前就能完全沉浸在自己世界里的姑娘。

他伸手拂卜她的脸，也难怪她总是生闷气，自己确实忙工作太多，陪她太少，越来越没了从前的影子。

他无意扰她睡眠，她却睁开了眼。

迷糊了一瞬间，那双他爱极了的眼睛就恢复了清明，她刚想开口跟他说话，随即想起来好像还在生气中，于是果断翻了个身。

方天霖勾起唇角，被她可爱的样子逗笑了。早知道自己主动破冰能看到这幅光景，以前或许不该独自硬撑。

他轻轻按住她的肩膀，让她面向自己，"还生气呢？我做噩梦了。"语气里带着点儿撒娇的意味。

她不想搭理他，"走开，浑身酒味的酒鬼。"又有点忍不住，顿了顿问，"梦到什么了？"

他笑，"梦到着火了，我为了救你冲进火场，最后我们一起殉情了。"

"谁要跟你殉情，你就抱着酒瓶殉情吧！"说着，她把头又往枕头里埋了埋。

眼看着她的气消了一大半，方天霖心里放松了些。其实倒不是说真的不生气，毕竟方天霖喝醉酒回家，也不是第一次了。于是这莫名的消气只好归咎于此时的气氛了，或许凌晨三点的夜晚总能让人内心变得柔软，否则这次她哪能这么轻易放过他。

"你跟酒瓶都吃醋啊？所以没有给我准备蜂蜜水，也没有漱口水。"在看到安晓月没有打算理他的反应后，他又用肩膀顶了一下侧躺着的她，"嗯？"

安晓月翻了个白眼儿，懒懒看过去，"对，你就用 Whisky 漱口吧，适合你。"

方天霖一下子就笑了出来，"所以你帮我搭配着买了新的制冰机？"

她被他问得面上一窘，立刻扯过被子捂住脸。

是了，她总是这样，念叨他太爱喝酒，却帮他买了新的制冰机；埋怨他应酬多，却准备好养胃的汤水；知道他晚归时即使喝醉也不会开灯，怕吵醒她和儿子，她买了很多小夜灯，连钟表都是 LED 投影的，方便照明。

正因为有这样的她，方天霖在面对公司里那些晦暗与流言时，才总是能撑过来。

天亮很晚，

而时间走得很慢。

Chapter 1

爱情在冬季死去

"晓月，"他声音又温柔了两度，"让我睡床上吧，睡沙发太容易做噩梦。"

她"哼"了一声，没两秒钟，却让出了他的位置。

他终于安稳地躺下来，伸手把她拉进怀里，揉了揉她凌乱的头发。

没一会儿，怀里的人就传来了均匀的呼吸声。

他低头吻了吻她的头顶，视线落在床头柜上摆着的她画的他们两个人的画像上，此刻昏暗光线里，他们的笑容看起来没有从前那么清晰。

那时候的他还不知道，这表象平和之下埋藏的风起云涌。

再醒来，已经是天光大亮的时候了。

卧室里阳台的门开着，阳光洒满房间，薄纱帘被风吹起柔软的弧度，不过此刻的方天霖无意欣赏这种美景。

他是被一阵急促的手机铃声吵醒的。

一如从前每一次宿醉一样，他头疼欲裂却不得不强打精神面对工作。

"喂？"

"哟，醒了？"

"废话！"

"昨天还好吧？我可是为你祈祷了一整晚。"电话那头的人是冯一志，方天霖的大学学长，和安晓月同一级。方天霖读大一的时候，冯一志和安晓月读大四，两个人分别是话剧社的社长和副社长。谁知道工作之后，对方却成了他的下属。

"那恭喜你祈祷成功。"方天霖握着电话从床上站起来，单手套上睡衣，准备去洗漱。

"真的啊？"对方像是听到了天大的消息，"居然会有这种事？哎你昨晚明明喝大了，我以为少不了几天冷遇。"

方天霖正要质问他昨天为什么帮着客户一起灌自己酒，冯一志忽然话锋一转，语气正经起来，"方总，我现在在安董事长这边提交本月的财务报表，您那边的情况我知道了，稍后给您回电话。"

随后就是一阵"嘟嘟嘟"的忙音了。

方天霖抬眼，洗手池上方的镜子里，自己在听到"安董事长"几个字之后，眉头就不自觉紧皱起来。

他是安晓月的父亲，自己的老丈人，也是 YC 集团的董事长，自己的顶头上司。

大学毕业后，方天霖凭借着出色的口才和过硬的专业知识水平，一举进入国内顶尖商品进出口公司 YC 集团，当时他并不知道让自己引以为傲的事业起点，竟然是自己未来妻子家的产业。也没想到，曾经最纯真无邪的爱恋有一天也会被家世镀上一层无论如何也摆脱不掉的阴影。

这些年以来，他所有的努力和付出都在"安董事长的乘龙快婿"这样的称呼下显得不值一提。好像从来都没有人会真正在意他是否有能力，大家只是知道，YC 公司是"他老婆家的"，因此，方天霖"不能惹"。

也正因为这样，他才加倍地努力，想着给所有人证明自己真正的实力，也想着有一天能从别人口中听到"YC 的方天霖还真是不太容易对付"这样的话。

他出神地想着，直到被她打断。

"你的胃有没有不舒服？梅姨熬了小米粥，出来喝点吧？"她倚在洗手间的门框边，见他没有出来的打算，用调侃的语气说，"怎么？被镜子里的自己帅到出神？"

方天霖耸了耸肩，"是你被我帅出神吧？"

安晓月笑着打他。

看她已经不再冷脸了，他再接再厉，一鼓作气想把昨晚喝酒应酬的事情再做个解释，"我昨天是为了……"

"谈一单很重要的生意，对公司很重要，你想做好。"安晓月镇定自若地接话，把方天霖想说的话一字不落地复述出来，说到最后，她盯着一脸错愕的方天霖看。

她伸手将了将方天霖睡衣上的褶皱，"天霖，这些话我每天都要听一遍，真的听都听烦了。上次你不是答应我了，绝不再喝多？"

已经比以往几次吵架的情形好了，方天霖安慰自己，起码这次她不再选择继续冷战。

他没有正面回答安晓月提出的世纪难题，而是伸出右手拉住她，左手举起刮胡刀，试着邀请，"帮我？"

安晓月有点疑惑地歪了歪头，她觉得方天霖从昨晚开始就不太一样了，好像忽然能耐得住性子哄自己了？

她也不是扫兴的人，他愿意改变，她乐见其成。

"刮胡子还要我帮忙。"她嘟嘴，语气可爱得不像话。

时隔两个月，一家人才凑齐一起吃了顿舒服的早餐，梅姨眼角眉梢的笑意止都止不住。

梅姨是家里的保姆阿姨，今年五十多了，满脸细细的皱纹，头发也白了不少，常年干活的手，又粗又大，上面生满了茧子。然而梅姨人特别好，平日里细心体贴，人也很有修养，偶尔和安晓月做伴，还能聊上半个钟头。最重要的是她的手艺很好，从家常菜到创意菜，道道美味，这是她能留下来近三年最大的原因。

安晓月最爱梅姨煲的乌鸡枸杞莲子汤，而方天霖最爱梅姨做的干烧大黄鱼，至于他们的儿子方小恺，暂时还没有什么他不喜欢吃的。

"爸爸。"这已经是一顿饭中方小恺第五次叫他了。

"哎！"方天霖忍俊不禁，他以为儿子在跟他玩什么游戏，每次都答应得很快，也不问有什么事。

一个不问，一个不说，一大一小乐此不疲地用他们自己才能感受到乐趣的方式对话。

方小恺坐在他的特制儿童椅上，高兴地一直蹬自己的小短腿。

"小恺好久没跟您一起吃饭了，高兴着呢！"梅姨给方天霖添粥，小声在他耳边道。

他听完，飞速将手里的三明治吃光，"儿子！飞高高玩不玩?今天玩十圈爸爸再去上班！"

笑开了花的方小恺更激动了，挣扎着小身子要从椅子的桎梏

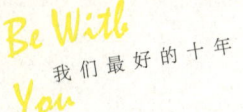

中出来。

"闹够没有！"安晓月放下水杯，一个冷眼扫过来。

一大一小瞬间没了声息。

"你，"她指着儿子，"碗里的粥必须喝完。"

"你，"她看向丈夫，"上班要迟到了，赶紧走吧，欠我儿子的飞高高我给你记上了。"

方天霖朝小恺挤了挤眼睛，明显是在讨他的同情。接着他看了一眼时间，的确是不早了，所以也不磨叽了，"那我先走了，你送送我。"

安晓月起身，陪他走到玄关处。

"欸，等着。"安晓月叫住了方天霖，她从鞋柜里挑了一双深蓝色的皮鞋递了过去，"穿这双鞋吧，跟领带搭。"

他乖乖地听从了妻子的建议，穿好鞋，在她额头亲了一下，一如以前读大学时送她回寝室楼，在路灯下依依惜别的样子。

那都是几年前的事情了。

是啊，时间飞快。很多感情都是爱着爱着就散了，没什么天大的原因，也没什么不可缝合的缺口，只是经历的事情多了，失望就跟着多了，散了哪里还需要什么理由。那些地老天荒和所谓的一生挚爱，都会被时间抹去鲜艳的色彩，最终融成黯淡的人生背景色。

可是方天霖相信他跟安晓月不会走向这样的结果，生活虽然乐此不疲地给他们创造各种困难，但至此，他们都一点点摸索着扶持着过来了。

他揽住她腰的手臂紧了紧，在她问了一句"怎么"之后，把原本即将脱口而出的"你知道你爸都做了些什么"硬生生咽了回去，换成了一句"我晚上回来吃饭"。

"好。"她眼中含笑，"我和儿子等你。"

02

坐落于北京三环内的 YC 大厦方方正正，整面的玻璃墙在阳光下泛着金色和蓝色交织在一起的光，一眼望到顶，总会给人一种未来很远很远的错觉。

助理小范把会议室里的玻璃调成遮光模式，又端来一杯意式浓缩咖啡，她注意到方天霖西装上精致的齿轮状袖扣，心下感叹那位未曾谋面的方太太，也就是安董事长的女儿，品味可真的是很不错。

"方总，下午的会议时间定在了一点半。"

方天霖点头，注意力仍然在手中的文件上。下午的会议并不轻松，合作方 ES 电子商贸公司因为不满意之前 YC 跟 ES 竞争企业的合作而大动干戈，甚至提出要跟 YC 解除原先签订过的合约。

原本这件事是由市场部来负责执行的，但是闹到要解约的地步，方天霖就不得不亲自出马了。

冯一志推开会议室门的时候，见方天霖面色阴沉地独自坐着。

"天霖，出事了。"

方天霖闻言抬起头，示意他继续说下去。

"早上股票开盘的时候，有几个固定的散户频繁进行反向交易，紧接着，临近封盘时，证监会就开始介入调查，说是有人实名举报。这不，人来了，我说你在开会，安排他在会客区等你了，这事儿，恐怕不简单。"

方天霖手指点了点放在桌上的文件夹，"呵，当然不简单。一系列动作一气呵成，根本就是下好了套等我们钻。"他本来还要再问，可冯一志像是能读懂他的心一样，直接把准备好的材料递过去，简单概括，"来的人叫王江，我查过了，风评不错，就是有个不省心的弟弟早些年因为过失杀人入狱，留了一个患了癌症的女儿，这个孩子不受王江妻子的待见，王江人善，独自带着这个孩子生活，过得并不容易。"

"底细摸得这么清楚？"方天霖听着他的描述，心下不禁疑惑，从事发到现在不过几个小时时间，王江像是伺机而动，冯一志更像是早有防备，两方都透着诡异之感。

"嗯……"冯一志猜到他会有此思虑，也没打算瞒着他，"他弟弟以前是咱公司员工，档案什么的都好查。"

方天霖目光匆匆扫过资料，一眼就看到了重点，这个王江，跟下午要来开会的 ES 公司代表魏延明是高中同学。

"走吧。"方天霖心里有了底，准备去探探王江此行的用意。

冯一志跟上他的脚步，"下午跟 ES 的会，你早有应对办法了吧？"

等不来他的回应，冯一志无趣地瞥了眼手机上的时间，"吃午饭了吗？没吃的话我让范助理去楼下咖啡厅订些简餐好了。"说完，对着范助理的方向挑了挑下巴，"欸，小范她今天换了香水，你闻出来了吗？"

"没有，"金色的袖扣闪了一下，方天霖伸手嫌恶地把痞笑的冯一志推开，"倒是你，香水味太浓。"

冯一志自然知道袖扣是谁买的，他敛去眼底的一丝僵硬，继续不正经，"你不懂味道对于荷尔蒙的刺激，白瞎了范助理的用心良苦。"

他送方天霖到会客区，帮他们互相介绍之后就退了出来，轻轻带上了门。不知道方天霖跟王江具体说了些什么，透过会客区的百叶窗缝隙，冯一志看到王江露出了笑容，好像气氛还不错。而方天霖无论是外形还是气势，都不再是当年那个紧紧跟在安晓月身后的小学弟了。

不出方天霖所料，这个可大可小的麻烦正是 ES 公司的魏延明搞的小动作。在封盘之前搞出来这些事情，想必是为下午的会提前做一些准备。

魏延明到达 YC 大厦的时候，距离相约开会的时间已经过去了半个多小时。

在此期间，方天霖一言不发地在会议室等着对方的到来，陪他一起等的下属们一个个都战战兢兢，他们都知道，方总最讨厌开会迟到的人。

果不其然，会议前的这半小时，方天霖脸上都没有任何表情。

会议上市场部总监把加班做好的合作方案一一道来，着重讲了接下来 YC 要上市的新一季主打自营产品，YC 可以独家放在 ES 的平台上进行销售，听起来这将会是一大笔收入，可以说是很有诚意了。

却见魏延明始终是一副蔫蔫儿的样子，抠弄着手指甲，像是完全不把这些放在心上一样，开口闭口就是已经产生的损失该怎么弥补。

会议气氛一度变得尴尬，只有冯一志老神在在地扶着下巴，他玩味地盯着方天霖手指在桌上有一搭没一搭地敲，这么多年的默契和习惯让他知道，这事儿跑不了，他这位学弟能几年内爬到他头上，靠的可不是老丈人的庇护。

沉默许久之后，方天霖蓦地开口："这么看，魏总是对 YC 新一季的主打产品没有信心了？"

魏延明饶有兴致地轻笑一声，"YC 新一季的主打产品，还需要我来给信心吗？"

"YC 尊重并信任每一位合作方。同时也希望合作方能给予 YC 同样的尊重和信任。"说着，方天霖伸了伸手，范助理把一沓资料递到他的手中。

"这是上一季度国内最大的几家食品公司在 ES 和茂橙两家平台的线上销售数据对比，我没有别的意思，只是想建议魏总还是要把更多的精力放在有意义的事情上，比如跟 YC 的合作。"

魏延明脸色有些难看，只听方天霖又转了话锋，"一志，你现在去告知茂橙的冯总那边，我跟他的见面可能还要再推迟半小时，就说我这边的会议还没结束。"

冯一志了然地起身，吓得魏延明一下子坐直了起来。

ES 近半年以来的销售数据在持续下滑，如果在这个时候因先前的一点小纠葛和自己那点小算盘而损失了 YC 这样的客户，必然得不偿失。如果 ES 真的被 YC 从合作中给踢了出去，魏延明可担待不起这后果。

"不好意思啊，魏总，咱们接着聊。聊到哪里来着？"方天霖礼貌地笑着。

这些年，他早学会了以退为进、收放自如的技巧，冯一志说他有手段，他称这是谈判艺术。这不，他又假装着恍然大悟地继续说："哦，品牌价值！我们 YC 当然更看中 ES 的品牌价值，只要魏总肯，我希望我们还是并肩作战的合作伙伴。"

话音刚落，方天霖就起身伸出了手。

他故意把话引到结尾收场的阶段，又伸手逼着魏延明不得不握，如此杀伐决断，让 YC 一下就拿到了主动权。主动的示好，也算是给足了魏延明面子，没有意外的话，接下来的合作应该是能顺水推舟了。

魏延明不得不站起来同他握手，"晚饭，方总赏光一起吃吧？我订了附近不错的餐厅。"

才让他在下属面前丢了面子，按理说这顿饭方天霖应该应承下来，可是想起早上跟安晓月和儿子的约定，他还是没点头，"不了，这几天应酬多，家里太太闹脾气了。"

散会后大家陆续离开了会议室，可还是有慢几步的人听到了他们的对话，魏延明面色又暗了几分，"方总！"他压低语气，甚至有点气急败坏，"方总真是好手段，证监会都查上门了还能这么悄无声息地解决了。你就不好奇王江怎么愿意冒险卖我一个这么大的人情？"

方天霖的眼神没有丝毫的退让，直勾勾地盯着老奸巨猾的魏延明看。

"方总，安董事长的事情，你该是知道的吧？"没有留多少余地给方天霖回应，魏延明眯着眼睛接着说。

魏延明说到了问题的关键，方天霖用眼神扫了扫周围，低头思量片刻，"晚餐，那就劳烦魏总破费了。"

王江也好，冯一志也罢，所有人都对当年王江弟弟的事有所耳闻，只有方天霖知之甚少，可是他要继续处理跟 ES 的关系，还要防着证监会的人又搞出什么幺蛾子，他就不得不知情。

况且，魏延明嘴里一口一个"安董事长"，也让他这个女婿有些不安。

等会议室的人都走光了，方天霖脱下西服外套，卷起衬衣袖子，又松开了领带。

空调的温度调得很低，冷气霎时间沾上皮肤，可是方天霖依然觉得燥热，他说不清这热是来自心里的火，还是手里发烫的手机。

屏幕上"宝贝"的名字几度明暗，他最终还是拨了过去……

方小恺踮起脚，从他能够得着的货架上拿下一罐彩色的水果

Be With
You

我们最好的十年

⌛ 被偏爱的，都有恃无恐。

硬糖，梅姨笑着哄他："乖，咱不买这个，吃了牙疼，咱们今天是来买爸爸爱吃的牛肉的。"

"不用了，"身后传来安晓月的声音，"他回不来，晚上咱们还是自己吃。"

梅姨从她平静的面容上看不出喜怒，却也感受得到那份失落。

安晓月蹲下来，平视着儿子。

方小恺从脸型到眼唇都像自己，只有那个挺挺的小鼻子和英气的眉毛几乎跟他爸爸一个模子里刻出来的，"小恺，爸爸晚上又不能回来陪我们吃饭啦，我们下次让他多玩五个飞高高，这次原谅他？"

方小恺小嘴一瘪，用尽他所有指头也没算出来他爸到底欠了他多少个飞高高。

"行吧！"他像个小大人一样洒脱地摆手，复又把糖果紧紧抱在怀里，"爸爸说，他出去就是挣钱给我买糖去了。"

"对，"安晓月也顾不上阻止儿子了，站在原地喃喃道，"他为了挣钱给你买糖，也很辛苦，我们还是得原谅他。"

不知道这话是说给方小恺，还是说给自己。

曾经，对于方天霖来说，任何事情都比不上安晓月重要。可现在，他一次又一次因为公司的事情而让她不开心。

他从没把她和工作放在同一架天平上，却因为自己处理问题的方式顾此失彼。在方天霖心里，那些每天窝在沙发上嚷嚷着白头到老的誓言，是真正空口无凭的虚妄，若要对彼此的爱情负责，行动力才是最重要的。要不是这样想，方天霖也不会经常说出"我努力工作都是为你好"和"我要努力给你最好的生活和爱情"这类的话。

可他却不知道，安晓月所需要的恰恰不是这些所谓的"我很努力"，而是哪怕片刻安安静静的"有你就好"。

于是，她一次又一次地默默承受，让他有一种两个人以后有的是机会解开误会的错觉，直到如今再难调和的局面。

那句话是怎么说的来着？

被偏爱的，都有恃无恐。

03

如果说这世界上不可能有一个人能对另一个人的处境完全做到感同身受，那么双胞胎是不是其中的特例？至少，他们比起其他人，彼此间多了更多的默契和心有灵犀。

这就像是月亮懂得星星的沉默，沙滩记得海浪的涨落。

"喂，哥？"方天霖接起电话。

"听说你最近忙得连回家吃饭的时间都没有。"电话那端传来一个低沉又平和的声音。

是了，这个人叫方天霁，是方天霖的双胞胎哥哥，年仅二十七岁就已经成了国内有名的考古学家。与弟弟的开朗热情不同，无论何时何地，他都话少得像一块石头，好像这么多年来，很少有人能真正走进他的心。

"哈，听谁说的？"方天霖难得地放松了神情，把身体的重量完全卸在他的老板椅上，全然不似平日里严谨的方总。

"小恺。"方天霁不是个爱说话的人，唯独对弟弟的这个儿子毫无招架之法，因此常常打电话给小恺。"不要太累，少喝点酒。"他继续叮嘱道。

如果是面对安晓月或是父母的叮嘱，方天霖绝对一口答应少喝酒，只有对着他哥，他那些为人夫和为人子的担当和义务，都不存在了。

"唉，你是不知道，那帮人，不喝不行啊！而且最近冯一志不知道吃错什么药，想着法儿地给我安排局，还跟着客户使劲灌我酒，我跟你说……"

电话那头的方天霁听到冯一志的名字沉默了一下，提醒着说："这个人心思很多，该防要防。"

"哎呀，知道了知道了，他就是大脑简单，人心不坏的，你看这喝着酒倒也把合作给促成了不是？"方天霖知道他哥见过冯一志的酒品，从此对他这个人颇有微词，但左右他们两个人没什么别的交集，也不想多聊。

"那件事，你跟晓月说了吗？"

方天霖正把玩着办公桌角落的格鲁特摆件，听到问题，他悻悻地收回手，"还没，没想好怎么说。"

前阵子安董事长砸重金投资了两部影视作品，外界都以为 YC 要进军娱乐行业，只有少数人知道他此举是为了捧女星励嫣然。

这等风花雪月的事原本轮不到方天霖来操心，他也一直想假装没看见，可是因为这次投资影视项目引发的资金挪用，让他发现了 YC 子公司伪造金融凭证的事，而这一切背后的主使人，依然是他那位有着"慈善家"之誉的岳父。

原来早在几年前，安董事长成立仁志基金，半公开地向外界募集款项，由于投资回报比较大，因此吸引了很多人入股。可实际上，这家基金的金融凭证根本就是不合格的虚假凭证，可财权至上的安董事长只手遮天，普通人根本不知道这个秘密。

而那些慕名参与集资的很多人里，就有王江的弟弟，YC 公司的元老级员工王伟明。

说来也巧，这个基金会的宣传大使，就是当年出道不久的女星——励嫣然。

"别再逃避了，你们是夫妻，理应共同面对，不要一个人扛着，或许晓月没你想的那么脆弱。"

"嗯，我想等合适的时机再说。我最近因为工作忙，忽略了晓月很多，她心情本来就不好，现在不是跟她聊这些的时候。"这么多年来，方天霖早就习惯了哥哥的唠叨，每次他都是无限关怀弟弟的事情，倒是很少提及自己的烦恼，"别总唠叨我了，你呢？你现在在哪儿？"

"我在骊山，可能接下来有一阵子没法跟家里联系了，刚给爸妈打电话，一直接不通，有时间你回去看一眼吧。"

"你什么时候回北京？我前两天买了瓶好酒……"

"不好说，"方天霁那边的信号变得断断续续，只听到他又强调，"别帮他掩饰……"通话便被切断了。

方天霖苦笑，他不是想替谁掩饰什么，只是怕事实摆上台面，谁都不好受。而其中最让他担心的，自然是安晓月。

每次想到这里，方天霖的头都像被重重击打过一样沉重。

上午冯一志给他的资料里显示，王江的弟弟王伟明当年在 YC 工作时参与了仁志基金的建立，而后又自己出资购买了基金会发行的基金，可没多久，一向老实厚道的他却因过失杀人而入狱。更让人唏嘘的是，对这位老员工，公司没有一点行动，别说什么为他找律师团申辩了，就连去狱中探望都没有。

独独剩下一个患癌症的女儿，跟着王江过着水深火热的日子。

直到方天霖出手资助，她的生活好像才燃起了一点希望。

方天霖隐隐有预感，晚上魏延明的饭局或许也跟这件事有关，他不敢轻怠。

他们约在一家日料店，墙壁上刻着一段关于雪的俳句，喜欢冬天的安晓月一定会喜欢这里，方天霖暗自琢磨改天得带她来试试。

极致简洁的木质桌椅和暖色灯光让画面看起来温馨得甚至有点滑稽，因为今天的话题并不温暖。

"单论你方天霖这个人，我是服气的。"魏延明递过去一杯斟满的清酒。

方天霖不接话也不碰酒，静静等他接下来的话。

"只是你说你不知道安董事长惯用的商业模式，哈哈。"他仰头灌下一杯酒，"你当我刚入行？"

"清酒更适合小酌，"方天霖帮他添满，"我怎么会当魏总？刚入行，要论资排辈，我离您还有段距离，只是安董事长的行事风格，我的确了解不多。"

魏延明被他说得应也不是，不应也不是，干脆又仰头一饮而尽。

说什么论资排辈，他是前辈又怎么样，如今还不是被方天霖压得死死的，可是聪明的他话里也挑不出什么错，魏延明根本没机会下手。

"王江他们家的事我听说了，"一连好几杯酒下肚，魏延明脸色渐红，"他弟弟因你们入狱，留了个有癌症的女儿，你出资让她治病是应该的！"

方天霖不动声色地听着，他的确是解了王江的燃眉之急，至于"因你们入狱"的说法，他也有了几分计较。

"怎么能这么说，他弟弟是我们公司的员工，家属有难处，我们能帮则帮了，以前我不清楚就罢了，现在知道了，自应尽绵薄之力。"

"哈哈！"魏延明大笑，"安富仁可是你老丈人，你不清楚？不跟你啰唆了，我的目的很简单，我要分一杯羹，我要你们的股权，不多，10%。"

真够贪心的，就连方天霖自己，手上也不过15%。

"魏总此话我听不太懂。"方天霖用公筷给他夹了一块鱼。

"王江弟弟的事情你还装不知情？我告诉你，王江不清楚这里面的水深，我可是知道的！什么过失杀人，根本就是他发现了当年基金会的虚假黑幕后被安富仁栽赃陷害的！不过别担心，我没他那么蠢地要去举报安富仁，害得自己孩子连救命的钱都没了，我还是很实际的，你说对吧？"

油脂在酱油碟里散开，魏延明满意地咂嘴，"能用钱解决的，都不叫事儿。"

方天霖手指紧紧握住酒杯，偏头避开魏延明的目光，他怕眼里的震惊和嫌恶挡都挡不住。

这顿饭吃得心情沉重，最后在方天霖一句"考虑一下"之后作别。

比计划中回家的时间晚了一些，方天霖心事重重，不知道这次又要怎么和她解释，可推开房门才发现安晓月并不在家。

好在看到儿子稚嫩的小脸，方天霖才觉得能暂时放下一整天的重压。

陪儿子在客厅里疯玩了一阵，两个人都出了一身汗，方天霖去给浴缸放水，方小恺到处找自己泡澡时玩的小鸭子。

"爸爸！"他大声叫。

方天霖以为儿子摔倒了，三步并作两步冲出浴室，发现小人儿瘪着嘴就要哭，"我的小鸭子没了。"

他哭笑不得，"小鸭子呢？平时放在哪里？每次洗澡都必须要吗？"

方小恺一本正经地点头，"要！"

"那妈妈每次是从哪里帮你拿的呢？还记得吗？"

他小小的手指指向衣柜，"在这儿，但是现在没了。"

"没了？"他朝柜门大开的柜子里看去，有一个收纳箱，里面却没有什么小鸭子。

"嗯……"方小恺像做错事一样哼唧了几句，"妈妈说，我总是把小鸭子往嘴里放，所以藏起来了。"

"哈哈！"这下方天霖就明白了。

他三下两下把儿子脱了个精光，在他的小屁股上拍了一下，"去，自己泡到浴缸里，爸爸拿上你的小鸭子就去找你。"

"好！"

安晓月所谓的"藏起来"，还不就是放在她的床头柜抽屉里，这个家哪有什么真的藏得住东西的地方，何况他对她的所有习惯都了如指掌。

还是那个放着两人画像的柜子，相框和台面都纤尘不染，他心情颇好地想，晚上干脆让她再给他们俩画一幅新的，夜还长，今天有很多时间。

拉开抽屉，果然，一只明黄色小鸭子安稳地躺在里面，红嘟嘟的鸭嘴上还有几枚小小的齿印，方天霖盘算着，得好好跟儿子说道说道乱咬东西这件事了。

下一秒，他却被一个牛皮纸袋惊得止住了呼吸。

"离婚协议书"几个大字生生撞进眼里，顷刻间，他觉得一阵耳鸣，好像空气里的尘埃统统变成细小的燥点，冲进心脏，冲进大脑，让所有画面看起来像是失了真。

"爸爸！快点！"方小恺的声音从浴室传来，恍如隔世。

方天霖不动声色地将文件袋放回抽屉，他没勇气打开，没勇气面对这一切。

几经确认之后，鸭子和文件袋终于恢复了最初的位置，他直起身，小腿已经麻痹，失魂落魄地慢慢踱着步，跟几小时前镇定自若的样子判若两人。

"儿子，"他脸上的笑容比哭还难看，"不好意思，爸爸没找到你的小鸭子，咱们玩钢铁侠行吗？"

他把书柜上层的手办拿下来，随手扔进浴缸。

方小恺张大了圆圆的小嘴，要知道，书柜最上方那一排玩具就是为了防止他碰坏才放得那么高，对他来说，那是需要被仰望的，是他对于"长大"这件事唯一的动力！

他手舞足蹈地把钢铁侠打捞起来，用牙齿试了试口感。

Chapter 1

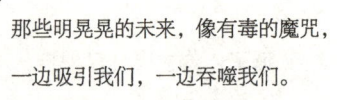

爱情 在 冬季 死去

那些明晃晃的未来，像有毒的魔咒，

一边吸引我们，一边吞噬我们。

安晓月进门的时候，看到方天霖正坐在客厅的沙发上，没有开电视，却眼神直勾勾地盯着电视的方向看。

她站在玄关，看到一只黄色气球，上面还有一只小小的脏手印，不用说，这一定是他买给儿子的。

"回来了。"方天霖率先开口。

"儿子睡了吗？"安晓月一边换着鞋子，一边轻着语气低头问着。

"睡了，你去哪儿了？"

"去忙画展的事，有品牌想介入合作，所以增加了流程。"

"陪我喝一杯？"方天霖的这个邀请在此刻显得有些特别。

这个家装修好之后，他们有那么几次一起坐在这里品酒的时刻，只是如今想来，大概也是有小恺之前的事了。

冰块在酒精里慢慢地融化，方天霖低着头，觉得这跟他们的关系很像——

融化一轮，囫囵饮尽，找不到真正释放与解决的办法，索性醉醺醺睡去，下一次矛盾爆发，好似新一轮制冰。

安晓月回到房间，换了身乳白色的睡衣，她一边扎着头发，一边面无表情地坐在方天霖旁边，准备应邀陪他喝一杯。

"今晚我实在是身不由己才没赶回家吃饭。"方天霖想着那封离婚协议书，嘴上先软了下来。

安静的空气里，安晓月好像是回了一声"嗯"。

她没有再说话。

他也没有说话。

时间似乎也没有说话。

万物在此刻沉默。

　　"对不起，我错了。"

　　说出"对不起"三个字的时候，方天霖抬着头，用知错了的眼神看着安晓月。

　　已经数不清这是他第几次对安晓月说"对不起"三个字了，安晓月并没有看着他，只是盯着窗外的方向看。

　　他像一个知道错了的小孩，等着安晓月再开口。他当然知道安晓月不会那么轻易地原谅他，毕竟距离上次喝醉酒的"隔离"也没多久。当然，他也知道安晓月一定还是无法理解他的为难处境。

　　是啊，谁不想累了一天后早早回家窝在家里沙发上，什么也不用想什么也不必做。可是他不能这样做，也坚决不能允许工作上有任何闪失，因为那样的话，大家就会顺其自然地嘲讽着——"你看，这倒插门的女婿果然就是个二把刀。"

　　不仅如此，他越接近当年仁志基金和如今伪造凭证的真相，就越是无法面对安父，无法向安晓月开口……

　　"我不想再这样下去了。"安晓月的语气冰冷。

　　方天霖沉默不言。

　　"这已经是你第数不清多少次，忙于工作，忘了我和家。"

　　方天霖无力辩驳。

　　"我不是不支持你的工作，也不是不懂你的上进，只是我，

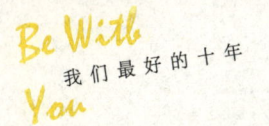

我自己，很单纯很自私地不希望你的大部分时间都贡献给了公司。"

"不是这样的。"方天霖开口试探地解释道。只是安晓月根本不会听。

安晓月接着说："我知道你想证明给所有人看，证明给他们，你不是靠着我爸的关系走到总经理的位置上，你也想证明给一直对你有偏见的我爸看，你足够优秀。可是，比起你在意的那么多人的眼光，你甚至分不到一点给我。"

方天霖知道安晓月不是真的生气，只是有些委屈和无奈，毕竟在这段关系里，方天霖的所有努力也都是为了安晓月。

"真的不是。"方天霖本能地回应。

"不是什么？"安晓月也没给他留下什么回旋的余地，"那是什么，你告诉我。"

方天霖动了动嘴唇，最终还是没说出口。

在安晓月最早的人生规划里，大四毕业之后她会选择出国继续读书，若不是因为方天霖，她也不会选择止步于大学本科。毕业后的她做起了自由画家，凭着自己出色的绘画功底和审美，她的画得到了不少人的青睐。

然而她知道，比起卖画赚钱，她更享受与他窝在沙发上啃西瓜的日子。

只是安晓月没想到，方天霖的事业心会强到让他迷失的地步，以至于很多时候他会陷入一个"我不得不"的怪圈。

他闭了闭眼睛，一阵酸涩感立刻就涌了上来。

接着，他对面前的安晓月，活生生把一句"你爸的事情我不知道该怎么跟你说"变成了"对不起，是我没有陪好你，照顾好你……"

还没说完，她冷冷的声音打断他："你做的一切都是因为你爱我，你想变得更好更强更有能力保护我，你为了这个家，为了孩子，为了让我爸不再对你有偏见，为了让全公司上上下下几千人正眼看你。"

安晓月说这段话的时候，没有任何的语调，像陈述一段既定的事实一样冷静，这种冷酷，比声嘶力竭还要恐怖。

沉默片刻后，她接着说："但是我不想要这样的你。"

"砰"的一声，玄关的气球寿终正寝。

安晓月用一种难以言说的眼神看着方天霖，那种眼神充满了爱，也充满了失望。

"我们去旅行吧。"不是疑问句，她直直望向他的眼睛，不容拒绝地将方天霖紧紧拥在怀里，"放下所有的事，陪我去土耳其走走。"

提出这个邀请后，安晓月心里压抑很久的情绪像是突然找到了出口，也像是被拔掉了堵塞已久的栓。

去土耳其旅行这件事可不是安晓月第一次提出来，这些年关于这个旅行的计划，两个人不知道做了多少次，可每次都因为方天霖工作上各种不得已的原因取消掉。

而关于土耳其旅行这个故事，要追溯到很久以前了。

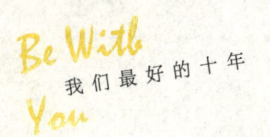

犹记得那是安晓月大四快毕业的时候，她在一次社团活动中说自己喜欢土耳其，短期内最大的梦想就是去看看那里漂亮的热气球。

现在想起来，那个时候的喜欢可真是容易脱口而出，绝不知道现实里要实现一种喜欢，有多难多难。

在她讲过自己喜欢土耳其后的第三个晚上，方天霖给了她一场盛大的告白。

那天，他傻乎乎的样子特别可爱。

当时安晓月正在寝室的浴室里洗澡，室友余姗姗匆匆跑过来，用力敲着门，大声喊着安晓月的名字，让她快点出来。一头雾水的安晓月不知道发生了什么，在姗姗不停的催促下，匆匆冲了一下就出来了。

"月月，你快去宿舍阳台看看！"姗姗咧着嘴，兴奋地说着，露出两个好看的酒窝。

安晓月穿上衣服，一边拿毛巾擦着头发一边走到寝室的阳台。

"晓月学姐！晓月学姐！"熟悉的声音从楼下传来。

傻傻的声音从一大堆五颜六色的气球里穿出来，这气球多得，至少有一百个。楼下围观的人，隔壁阳台上的同学，楼上的学姐，全都在看着这堆气球偷笑。

是啊，年轻里那些胆大的肆意妄为，勇敢的年幼无知，嚣张的大张旗鼓，都傻得真实又可爱，并楚楚动人。

"你干什么啊？"安晓月皱着眉头，神情有些紧张。

这时候，气球缓缓从地面飘起来，它们随着微风晃动，彼此撞动着，直到在安晓月所在的四楼阳台停下。

安晓月伸手摸了摸这些可爱漂亮的气球，然后从里面抱起一只，发现上面写着——"安卡拉省"。

这是土耳其的省！

再翻动其他的气球，上面分别写着——伊斯坦布尔省、阿达纳省、布尔萨省……

这时候，站在楼下的方天霖拨过来一个电话，他抬着头，在电话那端缓缓而认真地说："学姐，这八十一个气球代表着土耳其的八十一个省，每个气球里面都有这个省的攻略信息，我不能陪你去土耳其，就让这些气球和攻略陪你吧！"

安晓月手里握着电话，清晰地听着电话那端男孩的真挚声音。

围观的同学和楼里看热闹探出头的同学们纷纷尖叫，大家高声喊着"在一起"。在阳台上举着手机的学姐一下子脸红了，她捂着嘴，看着楼下这个依旧大笑着、露出一排洁白整齐牙齿的大男孩。

原来在那次的社团活动之后，方天霖就悄悄记下了学姐喜欢土耳其这件事，他回去搜了两个通宵关于土耳其的攻略，并买来八十一张小卡片，里面写好土耳其八十一个省的攻略信息，准备放入自制的热气球，送给她。

那天以后，方天霖和学姐就在一起了。

顺其自然。

回忆到这里，安晓月露出甜甜的笑容。

月色朦胧，有星星在天边闪烁，像极了那个夜晚。

"好吗？"安晓月轻声问着。

静谧的空气中，她没有得到任何回应。

Chapter 1

爱情在冬季死去

◇

· 039

04

抽屉里的离婚协议书如鲠在喉，连带着，方天霖看到柜子上面那幅画像都觉得烦闷。他想找到转圜的出口，却像一个不得要领的笨小孩一样手足无措。

好不容易等来了 YC 和 ES 战略合作的发布会，他像是找到了绝佳的借口邀请安晓月跟自己一起出席。他知道，无论她怎么跟自己闹脾气，在外人面前，她总是会给足他面子。

说是照顾他的自尊心或是虚荣心都好，他只想用这个机会让她多跟自己和平共处哪怕一分钟。

安晓月试到第三条裙子的时候，终于在镜子里看了方天霖一眼。他一直在等她问自己哪一条更好看，就像从前一样。

"就这条鱼尾的吧，"不等她开口，他从背后环住她，声音轻柔地落在她耳边，"这条显腰身，领口也不会太低。"

说完，他变魔术一般从西裤口袋里拿出一个丝绒的小盒子，那是他一早为她买好的新的手链。

细细的链子搭在安晓月白皙的手腕上，闪耀着温润的光泽，有种说不出的美感。

方天霖拉着她的手轻轻捏了捏，"你还记得我送你的第一份礼物吗？那个时候我只买得起这个牌子最便宜的那款，我一直告诉自己，以后要有能力给你更好的。"他低头拿鼻尖在她手腕上蹭了蹭，"或许我们对彼此想要的东西有过误解，可是你要对我爱你这件事有信心。"

安晓月鼻子有点酸，僵着身体从镜子里与他对视。

"我一直觉得，比起戒指，手链更像是能握住你的手一样，你看。"说着，他把自己的手挪到了她的手腕处，顺着手链的位置圈了上去。

纵使安晓月有千般生气，在他这样小心翼翼的讨好中也使不出来了，她心里念着每次原谅都只会让他更不把自己的话当回事，却还是无法再对他吊着脸。

酒会在一家私人会所举行，一进门，方天霖看到一张久违的面孔。

"陈莺莺？"他不确定地问。

"是我啊！认不出老同学了？是我瘦太多的缘故吗？"被叫到名字的女孩在原地自转了一圈，热情地回应，看到方天霖身边的安晓月由衷地赞叹："这身材哪里像生过宝宝的人！保养得太好了吧！"

安晓月礼貌地朝她笑笑。

"欸，"方天霖打断她准备继续恭维方晓月的架势，"你怎么在这儿？"

"我男朋友带我来的，他在 ES 工作，我是来看女明星的！"陈莺莺眼睛放着光，朝右边大理石楼梯努嘴，"在那边，励嫣然，看到了吗？"

被安董事长一路捧红的励嫣然居然公开陪他出席活动了，虽然是私人会所，但是今天有两个公司的员工也有媒体记者，这与公开无异了。

方天霖不动声色地挡了一下安晓月的视线，安董事长放在励嫣然腰部的手骤然松开，给了方天霖一个意味深长的眼神。

他没料到女儿会来，方天霖也没料到励嫣然会来。

"爸。"安晓月叫了一声，对他们之间交换的眼神并未察觉。

不远处的几个人齐齐望过来，打招呼的打招呼，看戏的看戏。

方天霖蹙紧了眉，想到最近发生的事更是糟心。他把安晓月往自己身边带了带，鬼知道会当面撞上这场景，他真的不愿意让自己的妻子知道那么多不堪的事情。

一群人心思各异地进了大厅，只有陈莺莺喋喋不休地小声说着励嫣然本人跟荧幕上的差距。

"你看她鞋跟那么高，走路居然那么稳，这功底，啧啧……"陈莺莺的注意力都在女明星身上，而方天霖则暗自揣测岳父的用意。

他已年近六十，从社会地位和个人作风来看，都绝不是会让自己因桃色丑闻陷入舆论漩涡的人，此番行为，一定是别有用意的。

方天霖叫住路过的冯一志，"魏延明来了吗？"

上次他提出要 10% 股权的事，方天霖只跟冯一志说过，甚至还没找到对策对方好像就偃旗息鼓了。

"没有。"人多嘴杂，冯一志没机会多解释就去招呼媒体了。

不对……

这次合作的中间虽有波澜，但魏延明怎么说都应该是 ES 的功臣，他那么好大喜功、沉不住气的人，没理由缺席了最重要的发布会。

除非，安董事长知道了他那些动作，并与他交涉过了。

可是方天霖自己没有汇报过，如果真的如他所想，那这个告密的人就只能是冯一志了。

想到这里，他看着冯一志跟媒体熟络打招呼的身影，面色渐渐沉了下来。

另一边，安晓月和陈莺莺还算投机，两人举着香槟，找了个不起眼的位置候着。

台上的安董事长正在讲话，方天霖坐在第一排，好巧不巧的，旁边就是励嫣然。两个人时不时交头接耳地说着什么，媒体记者的镜头咔嚓咔嚓捕捉着一切表情。

方天霖是真的纳闷，他跟这位女明星只有过一面之缘，甚至没有说过话，可是此刻，她却像个老熟人一样与自己攀谈起来。

"你跟晓月真般配，郎才女貌的，我看着就羡慕。"励嫣然是出了名的酒窝美女，笑起来尤其好看，就连说客套话都显得真诚。

"谢谢。"方天霖的声音听上去就没有那么自然了。

"酒会结束之后你们就在这里休息吧，楼上的SPA非常好，晓月会喜欢的。"她句句离不开安晓月，方天霖猜不准她葫芦里卖的什么药。

他可以在学生时代名列前茅，在职场上一呼百应，但是在女人的事上，方天霖是真的搞不懂。要不然，也不至于找不到平衡妻子和工作的方法。

恋爱的时候，安晓月说她就喜欢方天霖这一点，看不懂其他女人递来的暗示。没错，就连冯一志都说，范助理用心良苦都成空。可是现在，她却嫌他给不了她想要的。

女人啊……方天霖无奈地笑笑。

励嫣然又搭了几句话，见他心不在焉便也不多说了，她站起来告辞，"我有事就先走了，你们玩得愉快。"语气竟像是会所的主人一般。

她前脚离开，冯一志后脚就小跑过来，面色紧张地凑到方天霖耳边："魏延明来了，看样子是来闹场的，我让保安把他带去楼上的客房了，他一直嚷嚷着要见你，你不去恐怕不好摆平。"

方天霖悬着的心放下来一点，魏延明出现其实是好事，他没声音反而不正常。

"202房间，保安在门口守着呢，我就不陪你上去了。"冯一志递过来一张房卡。

方天霖接过，不疑有他，路过安晓月还递给了她一个"放心"

的眼神。

皮鞋踩在大理石楼梯上发出清脆的声响，这个会所不是方天霖第一次来，他对格局有大致的印象。

202房间门口果然站着两个保安，他们微微侧开身子给方天霖让路。

"哔——"

门开了，屋里只开了一盏小小的灯，厚重的窗帘完全阻隔了外面的光线。

只走了两步，方天霖就顿住了。

哪有什么魏延明。

坐在扶手沙发里的人，是方才跟自己闲聊的励嫣然。

此刻她脱了高跟鞋，双腿妩媚地搭在茶几上，红唇轻轻翘起，似笑非笑地看着方天霖，连解释的话都懒得说。

他转身去开门，才发现门已经被锁住了。

"让我猜猜明天的新闻头条，'当红女星励嫣然新欢疑似曝光'？"方天霖讽刺地说。

励嫣然眼角飞起媚意，"这只是前半部分标题，后半句是'该商界新贵是有妇之夫'。"语气平淡得仿佛在说一件丝毫不起眼的小事。

房间里除了烟味，还有她身上浓烈的香水味道，方天霖一秒也不想多待。

"让我猜猜是怎么回事，"他依然隔着两三米跟她对话，"冯一志跟安董汇报了魏延明的事，你们发现魏延明知道当年基金会的内幕，怕他走漏风声，用钱安抚了他，然后紧接着想用今天的娱乐绯闻来转移公众视线。这样一来，当年基金会内幕的事情就烟消云散了？"

励嫣然发出愉快的笑声，"怪不得老安说你聪明呢。"

"那把我骗来这里又是何用意？"方天霖语带怒意。

励嫣然想了想，也不打算再瞒他，以后说不定还是"一家人"呢！

"我们原本打算借发布会炒作，出发点也是想盖过基金会内幕的风头，没想到你会带晓月来，老安护女心切，想维护好父亲的形象，可我怎么能放任苦心经营的一切付诸东流？"励嫣然抬了抬下巴，侧着脸，"这种事呢，亲眼看到是一回事，看新闻又是另一回事了。原本晓月在家看到我跟老安的绯闻还有的解释，若是让她在现场看到我们太亲近，他还怎么当好爸爸？你就不一样啦，你比较好解释。"她像是在主导一场有意思的游戏，兴致很好地继续介绍规则，"发生过，跟没有发生过，是完全不一样的，你有一万种向晓月证明跟我没有关系的方法，对吗？"说完，又是一阵让人发颤的笑声。

方天霖用尽毕生的修养才忍住没有掀桌，他不知道自己的岳父是怎么看中这个为了利益不顾一切的女人的，或许他们根本就是一丘之貉。

"哦，对了，你有一万种方法向晓月证明你跟我没关系，不过前提是，你能忍住我的诱惑。你们男人啊，谁知道呢。"说着她又笑了起来，顺带着妩媚地把自己散着的头发束了起来。

如果说原本他还在顾及跟安父的那层关系，那么现在他不想再忍了，辞职的想法一冒出来，方天霖仿佛醍醐灌顶。

困在局中挣扎的时候他无法以旁观的角度看待，如今却想通透了。

安董早就拿捏住了他怕安晓月伤心，所以不会去举报和调查自己，于是一次次胆大妄为，变本加厉。

什么为了家苦撑，什么独自面对，这都不是解决问题的方法，只会带来新的麻烦和误解。

方天霖下定决心，等从土耳其回来之后，要跟安晓月坦白这一切，与她并肩面对所有是非与困难。而这之前，他要让她全身心放松地享受这段早就该实现的旅程。

"啪"的一声，客房房间仅剩的一盏小台灯，也被励嫣然按灭了。

Be With You
我们最好的十年
You

⏳ 你终会感谢，现在迈出艰
难一步的自己。

新闻铺天盖地席卷而来的时候，方天霖和安晓月已经在机场的候机室里了。

航站楼巨幅的玻璃窗隔开室外的燥热，夜航的飞机一架架有序起飞，最后变成在空中和星星一起闪烁的红点。

网络和八卦杂志上的照片拍得不清楚，但是煞有介事地说励嫣然和方天霖前后脚进了同一房间，其中深意不言自明。甚至有一段小视频，里面播放的正是客房里的画面，原本光线昏昧的房间，没多久就全部熄灯暗了下去，励嫣然梳着头发，两人消失在了视线中，惹人遐想。

在网友们攻击方天霖出轨的同时，酒店也连同着一起被骂出卖住客隐私信息。

酒店随即公开澄清，并再三表明房间内根本没有录像。

想都不用想，肯定是安富仁一行人操作的这一切，在房间里早就偷偷安好了摄像头。

"过分了！快出面去和媒体解释！"方天霖的声音从手机里传来。

电话那端的励嫣然调低耳机的音量，找了一个没人的角落坐下来，慢声细语心不在焉地说："媒体杜撰的能力你知道，这怪不得我。"

正跟励嫣然争论的时候，安晓月从洗手间出来了，看着她一脸轻松的表情，应该是还没看到这些新闻。

"怎么，在跟谁打电话啊？"安晓月伸出刚洗过的湿漉漉的双手，示意方天霖帮忙从她包里找找纸巾。

方天霖背过身去，把背挺出来，顽皮地示意安晓月抹在自己衣服上。安晓月被他逗笑了，说了句"烦人"之后，甩了甩手上的水。

方天霖一直背着安晓月的包，死活不肯给她手机，就是硬生生撒娇说今天她的时间全属于他，旅行从这一刻开始，就要抛下手机，全身心体验。

安晓月丝毫没察觉出什么来，只是觉得方天霖久违的小心思和小固执，还挺可爱的。

她被方天霖拉着去休息室吃了一大碗面，又跑去免税店买东买西，没多久就登机了。

夜晚的客舱里，灯光被调暗，大部分旅客都睡熟了。

方天霖帮安晓月盖好薄被，在她侧脸啄了一下，"在想什么呢？"

"想儿子，"她收起思绪，"等小恺长大了，知道他爸妈抛下他去旅行，会生气的。"

"不会的，那可是我儿子，他只会跟我说'干得漂亮'！"

"嘁。"她笑。

安晓月提出过要发个信息给安父，报个平安，而方天霖也都拒绝了，理由是这些事情他早就都办好了，儿子也早已经睡着，一切都请安晓月放心。

和安晓月享受旅行的轻松心情不同，方天霖的心里全都是焦虑。一边是对旅行充满期待的安晓月，另一边却是铺天盖地的绯闻和谩骂，来回撕扯着他的心。他当然知道这些事情早晚都瞒不住，毕竟纸包不住火，只是现在的他还是没勇气和她解释这一切——从几年前伪善的基金会到王江弟弟的命案，从冯一志的出卖到安父的包养，从女明星的绯闻到不知道能否继续的旅行……

　　这之间太多事情了，更准确来说，是太多安晓月不知道的事情了。单纯又美好的她只知道心爱的画展和方小恺，方天霖又怎么忍心将这些黑暗肮脏的事实都告诉她，让她那个原本小小的干干净净的世界被污染呢。

　　越看着安晓月充满享受和憧憬的眼神，他便越没了坦白一切的勇气。

　　况且，这种纠结和痛苦真的像是一个无底洞，从第一次撒谎和掩饰真相开始，他就已经错了，并且这是一条无法回头的绝路，前面的每一次错误，都要用更大的谎言来掩盖。

　　算下来，他错了挺久了，而这之中的任何一次，都足够安晓月和方天霖彻底翻脸。

　　想到这儿，方天霖的头忽然疼得厉害，最近这段糟心日子带来的折磨，真的不是安晓月可以理解的。

　　不知道过了多久，两人被剧烈的晃动惊醒。

　　失重感来得突然，感觉飞机突然间就下降了几百米似的，让人感到恐惧。客舱里的其他乘客纷纷从睡梦中惊醒，被剧烈的颠簸吓到。

飞机以每秒几十米的速度迅速下坠，客舱里的报纸、水杯、枕头、鞋子都七零八落地散在地上。没到半分钟，客舱里的氧气面罩脱落，乘务员声音颤抖着让大家在座位上坐好，系好安全带，并做好防冲击姿势，准备飞机迫降。

是迫降，而不是备降，那就意味着——

突然有人大喊一嗓子："飞机要失事了！要撞地了！"

刹那间，客舱的人都像是疯了一样大声地叫嚷，然后纷纷抱住头，尖叫着。

只有乘务员极力露出镇定的面孔，让乘客们保持冷静。

安晓月紧紧地抱住方天霖的腰，小小的身子在他怀中止不住颤抖。

"没事没事。"他一只手抓着座椅保持身体平衡，一只手控制着力道一下下拍着她的背安抚。

方天霖坐在靠窗位置，亲眼看着飞机离地面越来越近，滚滚浓烟从机翼下方冒起，飞机逐渐失控，正向地面撞击而去。

这种前所未有的恐惧感让他说不出更多的话来止住她的眼泪。

他突然觉得很后悔，后悔自己把太多的时间浪费在了跟别人周旋上，后悔忽略了真正值得自己关心和爱护的人，更后悔自己一向躲避带来的误会。

"晓月，"他察觉到自己的眼泪也顺着脸颊滴在了她的衣领上，"我这辈子最幸福的事，就是娶到你。"

方天霖想要说出这些话，甚至他想要说出一切真相。可不知是因为客舱太过于吵闹，还是因为紧张的失重感连人的声音都一并夺走，方天霖并没有发出一点声音来。

他用力喊着，声音却没有飘出来，哪怕一点点。

失声的他彻底失去了最后一道心理防线，任凭眼泪滚烫地从眼眶里奔涌而出。

飞机离地面越来越近，生命就要在这一刻终结了。

它才不会管你有多少遗憾。

05

随着一声"轰隆"的巨响，飞机落地了，巨大的滑行声在耳畔响起，震撼而恐怖，随后，声音慢慢减弱，慢慢减弱，直到这股滑行与风相撞的声音消失。

"女士们，先生们，我们的飞机已经平稳降落在三亚凤凰国际机场，欢迎您来到美丽的海南岛……"乘务员开始了客舱广播。

三亚。

三亚？

"不是……土耳其吗？"方天霖以为自己出现了幻听。

耳鸣与失重感都不再，周遭环绕的声音也不再是尖叫与哭喊，他慌张地四处查看。

都不一样了……

他的位置从头等舱变成了经济舱，隔壁座位上一直看原声电影的英国人变成了一位老大爷。

最重要的是，安晓月呢？！

他开始回忆，该不会是刚才自己吓怕了，在客舱里乱跑到后面了吧。

"大爷，这飞机怎么来三亚了？"

"有病吧你。"大爷很纳闷。

方天霖站起来，又拍了拍前面的大妈："阿姨，看见我老婆了吗？"

"啊？"大妈瞪大了眼睛。

接着，他对大妈旁边的二十多岁的女孩说："小妹妹，你看见了吗？"

那个女孩拿起枕头，砸向了方天霖："流氓！"

方天霖满脸狐疑，他不知道为什么身边的人对待自己会是这态度，有什么不对吗？

"晓月？晓月！"

方天霖不管不顾地朝着客舱前面走去。

"先生请您坐回座位，我们的飞机还在滑行！"后舱的乘务员大声喊着，叫方天霖回到座位上。

不过是几分钟的事情，方天霖抓破头也想不通，他清清楚楚地记得之前的每一个细节，却不明白为什么忽然间就变成这样了。

焦急的方天霖一心只想找到安晓月。他从后到前，挨个座位找，一边找一边喊着安晓月的名字。

乘务长解开安全带，并跑上前制止他："先生请立刻回去坐好！"

"我老婆人呢？"方天霖问着。

正是坐在座位上等待滑行停止的时候，大部分人的注意力都在他身上停留，有人指着这个失魂落魄的小伙子嬉笑不已，甚至有些人在轻轻地摇着头。

"别笑了！你们有人看到我老婆安晓月吗？"方天霖大声喊了出来。

所有人都停止了笑声，盯着他看。

这时，一个靠近他的大哥操着方言说："小弟，大概你脑子有问题吧？"

客舱里的乘客又一次大笑了起来。

方天霖完全不管这些人的奇怪反应，继续找。忽然间他想到，会不会胆小的安晓月太害怕了，跑到了卫生间，于是他快速冲到卫生间，推开门进去。

里面空无一人。

奇怪。

人呢？

嗯？

刚要迈出步子的方天霖又回到卫生间，他盯着镜子里的自己看——

卡尺寸头，脸上还有些赘肉，带着一副金属的近视眼镜，胡子青青的，像是未成年人在发育一样。

这不是很多年前的样子吗？

"我靠！"方天霖失声喊了出来。

"不好意思，不好意思，我家孩子。"一对中年夫妇冲了上来，跟乘务员解释道。

方天霖转头一看，竟是多年前的父母。

那时候妈妈还不算老，脸上的皱纹还没有太多，而父亲也没有发福，身材依然保持良好。

"儿子！"

方天霖的母亲一把把他拽了出来，"你在干什么啊！"

这一幕如此熟悉。

十年前，也就是方天霖十七岁那年，父母带着方天霖和方天霁第一次坐飞机去旅行，目的地正是三亚。那天母亲和父亲穿的衣服，如果没有记错，也和今天是一模一样的。

"爸，妈，现在是……哪一年？"

"你这孩子怎么回事啊！脑袋出什么问题了啊！2007 年啊！"

"2007 年？2008 年北京要开奥运会的对吧？我是你儿子，出生在山东，狮子座，济南一中，总考全校第一……这些，都对吧？"方天霖眼神里都是惊恐，一点也不像是开玩笑。

母亲气得把他一把拽回了座位，"儿子！你究竟要干什么！你告诉妈妈，你怎么了？"方天霖的母亲快要急死了，她真的是一头雾水，儿子平时调皮也有个来由，这回着实令人费解。

她绝不会知道，眼前自己的儿子，其实是十年后的他。

"不可能，这不可能……"

方天霖扭过身子，咬着牙狠狠掐了一下自己肚子上的肥肉，意识到疼痛感后，他终于肯承认，这是事实。

"方天霖。"突然有人叫他的名字，声音也不陌生。

他转过头望向挤到自己身边的人，"哥？"

"魔怔了你？"和他一模一样还是肥胖样子的方天霁指着行李架，"自己的包自己拿，有什么事下飞机再说。"

方天霖喉咙发涩，整个头都在发昏，世界眩晕。

依然是人潮满满的机场，十七岁的方天霖跟在家人身后，浑身充斥着前所未有的恐惧感。他每迈出一步，就有一种跟"过去的"自己告别的感觉。

恍惚间觉得有很多往事和时间都在眼前飞速穿梭，那些声音无法描述，自己就好像在另一个漂浮空间一样。

明明眼前的人和事都是他熟悉的、经历过的，却有种被所有人推入了孤立无援境地之感，没有一个人看得懂他眼里的仓皇。

方天霖回头看着那架带他来到十年前的飞机，这诡异的感觉无论如何也挥散不去。

"现在可以说了，你到底怎么了？"站在取行李的转盘旁边，方天霁认真问道。

一旁的父母也投来关切的眼神。

该怎么回答呢？

说我是来自十年后的人？我重生了？我经历过这所有的一切？

且不论家人会不会当他疯了，就算是真的相信他了，这该给他们原本普通而平静的生活带来多大的激荡？

方天霖狠狠掐了一把自己的胳膊，努力用疼痛的知觉来保持自己的冷静。他的额头泛起青筋，心里掀起千层浪，表面上却忍着平静，几乎用尽了全身的力气才没有倒下去。

眩晕的大脑中一阵阵发胀，他想大喊，也想骂脏话，可是所有的情绪都被死死压在胸腔里。

真是该死。

"没什么，做了一个不可思议的梦，太……真实了。"

其实，明明现在的感觉才更像是一场梦。

这个说法似乎让方母放心了些，她舒了口气拍拍儿子的背，"你呀，从小就想象力特别丰富，但是不要再这样吓唬妈妈了。"

"嗯。"方天霖为自己刚才没有失控地脱口而出感到庆幸。

观察了半天的方天霁似乎不太能接受这个说法，但无非也就是想私底下再问问，一时也没怎么质疑他，反而是帮弟弟找了一个台阶下。

"怎么，梦到《不能说的秘密》？"

方天霖不明所以地愣了一下，很快，他明白了方天霁话里的意思。

因为很喜欢周杰伦，他们兄弟俩也都对他这部 2007 年上映的有穿越元素的电影熟悉非常。

"哥，你打我两下。"方天霖悄悄跟哥哥苦笑着说，"我好像还有点恍惚，分不清梦和现实……"

"我是挺想打你的，居然拿奖学金去买了蜘蛛侠的手办，等爸妈看不到的时候再打你。"嘴上严厉，可方天霁却在弟弟的头上胡乱揉了两下。

方天霖低头不作声，心里却盘旋着一句"你知道吗，若干年后，蜘蛛侠跟复仇者联盟一起作战来着"。

…………

他的人生，在一次接近失事的航班落地后，重新回到了十年前。

是的，讽刺的是，就发生在他决心要改过自新的时候。

此时此刻。

人生重启。

Chapter 1

爱情在冬季死去

消失的昨天，死去的回忆，迎来
送往。它们只是不停地提醒着我，
要敢爱敢恨，并不动摇地做我自己。

Be With You

我 们 最 好 的 十 年 ————————————————————■

Chapter 2

回到秋天以前

说什么后悔想重来一遍的，谁能保证，新的一遍里
不会再后悔呢。谁又能保证，新的一遍里所有想要
的就都会实现。

01

从离开机场到去酒店安顿好，他一路恍神，一路都企图找到回去的方法。

他不想认命，他想要让自己回到正常的轨道中去，毕竟眼下这种情况让他无从应对。

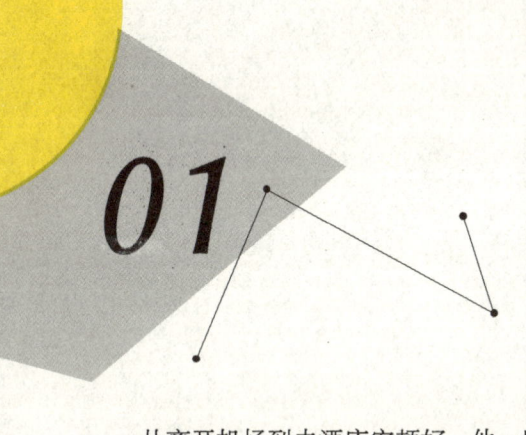

在喧闹的前台办理完入住之后，方天霁从人群当中探出身，分发好爸妈房间的门卡，瞥了方天霖一眼，不动声色地拎上行李往电梯走去。

方父已经等在电梯口，面上尴尬的神色褪去不少，见方母跟着方天霁一起走过来，他摁下上行键，随口问道："在几层？房间是挨着的吗？"

"603和605。"方天霁应了一句，见方天霖默不作声，甩过去一张房卡，刚刚好砸在他的肩膀上，顺着他的胳膊掉落在地。

方天霖"哎哟"一声，俯身捡起房卡，往方母身边凑了凑，趁着方天霁不注意白了他一眼，小声嘟囔道："果然就知道欺负我。"

　　他们订的是海景房，大大的落地窗拉开帘之后就是阳台，视野很好。

　　是久违了的景色，方天霖把行李往地上一放，"哇"了一声，直直地冲着阳台跑过去，他握着门把手使劲一拉，结果玻璃门纹丝不动。真是奇怪了。之前住这个房间的时候，好像一拉就开了的，这么想着，他继续使劲。

　　方天霁无奈地摇了摇头，把他往边上一推，左手一抬门旁边的小按钮，门自动地打开了，一股湿湿的海风扑面而来。

　　清新怡人的环境把方天霖烦躁的情绪一扫而空，他完全忽略了回到十七岁之后遇到的第一个细小的差别，满脸带笑地扑到阳台上，发出"哦吼"的怪叫声，目光落在远处天海交界处，紧接着，突然眼前一暗——

　　"不对！我开心什么，我有什么可开心的！"

　　"唉。"站在身后的方天霁摇了摇头，然后走出门去，"神经病。"

　　"不可能，这绝对不可能。"

　　方天霖坚决地说着。

　　此时房间里只有他一个人，除了空调机发出的噪音以外，再没有别的声音了。

　　他走到窗户前，外面是阳光甚好的三亚，光线充足，所有来这里旅行的人都带着一种明媚的幸福感。

　　"唰"，他拉上窗帘，不透一点光。

方天霖来到床前，他紧闭着双眼，双手合十放在鼻子前，虔诚地跪在床上。接着，他用意念使劲告诉自己要穿越回去。

"回去回去回去，请穿越回二十七岁！"

然后，他先是慢慢睁开紧闭着的左眼，并且只露出一条小小的视线缝隙，再才是右眼，他的眼周围随着紧张焦灼的心情而发起抖来，颤动不已。

透过那条小小的视线缝隙来看，周遭依旧黑暗一片。

他又迅速闭上了眼睛。

"神秘的时光之神啊，你最伟大了，你最厉害了，请把我带回到 2017 年！"

他念叨完之后，沉默了两秒钟，吞下了一口口水，然后带着满满的期待感，慢慢睁开双眼。

还是在这个鬼地方。

"唉！"他大声叹了一口气，一下子瘫倒在床上，富有弹性的床把他往上弹了一弹，然后他把眼睛彻底闭上了。

方天霖开始想，到底是哪里出了问题。

突然之间，他"腾"的一下坐了起来。

这下终于明白了，这一切的不奏效可能都是因为自己跪在床上，不够虔诚，因此时光之神没有把他带回去。

于是他兴奋地从床上爬起来，把窗帘打开，眼神坚定地看着外面的天空，"扑通"一声跪在地板上，硬硬的地板硌得他"嗷嗷"喊疼。

"我向上天发誓，我是一个好人，请把我带回到我原来的生活中吧！"

刚说完，立马给了自己两个嘴巴，"呸呸呸。"

"不要再小十岁了！七岁的时候我妈嫌我长不高，天天喂我喝牛奶，喝一次我吐一次，吐一次又让我喝一次。"说着说着，他都快哭了，"老天爷啊，请带我回到二十七岁吧！娶了老婆生了孩子年薪百万成大毕业的人、生、赢、家！"

"家"字拖得很长，因为动画片里超级英雄变身就是这样的。

时间再一次沉默。

"咚咚咚"，一阵敲门声响起。

"神经啊，从外面就能听到你的鬼哭狼嚎。"方天霁推开房间门，轻声冷冷地说。

方天霖回头看了看哥哥，又把头转了过来。他彻底崩溃了，闭着眼直接躺在了地上，像被撒了气的气球。

生活为什么会突然变成了这样？虽然说，我们都经常对现在的自己不满意，对做了的错事很懊悔，对走过的人生很失望，因此常会有想回到过去的念头，但那也只是想想罢了。说什么后悔想重来一遍的，谁能保证，新的一遍里不会再后悔呢？谁又能保证，新的一遍里所有想要的就都会实现？

穿越回去就好像太空旅行，充满孤独和未知，只有真正踏上穿越之旅的人，才会恍然大悟——当下的生活已是最好的生活，我才不要回到什么鬼过去。

毕竟，那种感觉太痛苦了，像方天霖一样。

方天霁嘴里叼着一个面包，盯着这个一下飞机就六神无主的双胞胎弟弟看。一直以来他们都是最了解彼此的人，但是这一会儿，他觉得他似乎有点搞不清他在想什么了。

"你真的是做噩梦了？"方天霁坐在床边认真打量他，想从他的表情中得到真实的答案。

果然，最难瞒过去的是他哥。

"可能是……要升高三了，压力太大了吧。"他只能归因到精神压力上，"哥，不要担心我，我能调整好。"

方天霁半信半疑，语气充满调侃地说："你是来酒店睡觉的吗？"

方天霖强打精神坐起来，嘴里还在小声嘟囔："我们为什么来三亚了，为什么不是土耳其……"

方天霁没听清后半句，"不是你提议的来三亚？天天嚷嚷着要来三亚冲浪，拦都拦不住你。"说完，就把白色薄衫套在了头上。

"啊？"方天霖似乎有点不好意思，"不，不是吧？"

"怎么不是，就是你非嚷嚷着要来看海，吃海鲜，还要玩海边冲浪。若不是你的执意，我现在应该早解出来前几天曹老师给我留的那五道奥数题了。"

"我都解不出来，你还想解啊你。"方天霖白了哥哥一眼，把头转了过去，他一向不屑没有生活趣味只懂钻研做题的哥哥。

"等等，冲浪？"方天霖忽然间意识到了什么，"走！冲浪去！"

他眼睛里重新冒出了那种充满希望的神色，从地上爬起来，飞奔到哥哥面前，"快！我换衣服，你叫爸妈！刚好你到海里洗个澡！"

说完，方天霖兴奋地去翻行李箱，扒着乱乱的衣服，想找出几件衣服来穿。边翻还边兴奋地嘟囔着："从陆地上穿不回去，那就换个介质啊，从液体里穿！从水里走！对！怎么早没想到呢！"说完，手重重拍在自己的大脑门上，留下响亮的一记声音。

"喂？妈。"

"哎，儿子，咱们什么安排？"

一旁的方天霖美滋滋，只听见举着电话的方天霁接着说："外面天气毒辣，我们都在酒店里午休吧，傍晚再出去吃饭。"说完，冰冰冷冷的他把电话挂掉，钻进被子闭上眼准备睡觉了。

方天霖听傻了，他蹲在行李箱面前，停下手里忙忙活活翻着的衣服，"我靠，你脑子又坏掉了？"

"喂！"

"我要去冲浪！"

"喂！"

方天霁把耳塞和眼罩都戴上，对于对付弟弟这个烦人精，显然他早就有一套装备了。

方天霖起身走到哥哥床边，"我给你三次机会。"

"一。"

哥哥无动于衷。

"二。"

哥哥无动于衷。

"三！"

哥哥终于动了，方天霖的嘴角随即露出一丝笑容。

结果方天霁朝左边翻了个身，背对着弟弟，继续睡觉。

"喂！"方天霖收起笑容，皱着眉头。见哥哥死活就是无动于衷后，他掀开哥哥的被子，摘掉哥哥的眼罩，在方天霁耳朵边大喊："你如果不陪我去，我就跟老妈说其实你电脑里一直偷偷存着游戏，趁他们不在的时候你就玩！"

对于这个威胁，方天霖真的是屡屡奏效。热衷历史的哥哥唯一喜欢玩的游戏就是《三国群英传》了，可方母早就下发了禁令，不允许近视的他再碰电脑游戏。

十分钟后，哥哥垂丧着脸，走出门。

身后跟着兴高采烈、神采奕奕的弟弟。

正是三四点的光景，岛上的热潮已经稍微褪下去一点。

沙滩上来来回回的人很多，有的躲在帐篷里，有的在打沙滩排球，还有人铺块纱就躺在海边，准备把皮肤晒成小麦色。

方天霖深深吸了口气，在心里感叹："十年前的空气，好像也就这样。"

一家四口在冲浪的报名点徘徊，详细询问过初级浪点后，方天霁带着方父和方母找了个附近的咖啡馆休息，再等两组就能轮到他们了。

方天霖满脑子都是错乱的画面，也不知道那边的自己和晓月到底什么情况，儿子还那么小，加上有个心术不正的老丈人，一切该怎么办……想多了，喉咙就觉得酸涩，眼睛也痒起来，他心里想，绝不能就此堕落接受。

"哥，你抽我！"

方天霁被他打岔打得措手不及，皱着眉往身后的墙上一靠，"你要干什么？"

方天霖又往前凑了凑，脖子伸得很长，伸手拍了拍自己的脸颊，示范一般地说道："像这样，抽我啊！"

方天霁端起自己的饮料喝了一口，往边上挪了挪，不屑地瞥了弟弟一眼，"你刚不是说能调整好吗，怎么回事，是不是欠抽了啊你？"

"是啊哥！所以抽我啊！"方天霖急切地站起身来，手臂一挥，一不小心把方天霁手里立着的书直接拍到了地上。

他的目光从掉落在地的书本，移动到方天霁面色不祥的脸上，撇了撇嘴，乖乖坐回原处，托腮看向窗外。

哥哥不抽，那就自己抽吧。这么想着，方天霖使劲往自己脸上一拍，"啪"的一声，吸引来不少目光。

他神色坦然地轻咳一声，手在脸上轻轻揉了揉，冲方父和方母"嘿嘿"一笑，解释道："有只好大的蚊子。"

Be With You
我们最好的十年

为什么会变成这样？

难不成老天觉得自己活得糊涂，非要重来一遍，纠正以前的那些错误？

那也不用回到十七岁啊！只需要回到他大学毕业，准备进入YC 实习的时候就可以了啊！

时光之神啊，我到底该怎么做？

方天霖默念着，手指在桌上轻敲，神色逐渐变得平静下来。

他思考问题的时候会有这样习惯性的动作，原本他并没意识到，是安晓月告诉他之后，他自己才注意到的。

在一起这么多年就是会有这样的"后遗症"，日常生活里所有琐碎的习惯和小小的偏好，都会成为两个人一起生活过的证据。

如果她在这里的话，会要求自己喝饮料的时候用吸管，吃甜点前先擦手，她甚至可能会用擦过手的湿纸巾擦一擦眼前的桌子，方天霖已经脑补出了她认真擦桌子的样子。

"你一直在给谁打电话？"方天霁突然出声。

一句"我老婆"差点脱口而出，方天霖一着急咬到了自己的舌头，他控诉般看了一眼他哥，"就是一个同学，哎呀别废话了，轮到我们了，我先去啦！你在岸上看着点我啊，要是浪来了，把我冲走了，你可别着急啊，我们二十七岁见！"方天霖一次次拨打那个最熟悉的号码，却始终未被接通过，他思来想去，先下海再说。

"你是说，你要是快淹死了，不要救你？"方天霁几乎要习惯了他诡异的说话方式。

方天霖本能地打了一下他哥的脑袋，"你是蠢猪啊！你弟弟要被淹死了，你见死不救啊！"好像无论是什么年纪的自己，闹他哥都是乐此不疲的事。

"不是你刚刚说的别着急吗？"

方天霖咬了咬嘴唇，想了想也是。这冲浪怪危险的，如果没成功穿越回去，再挂在这十七岁的人生里，那得多亏啊！

"那这样，哥，你听我说，如果呢，我被大浪拍倒了，十秒钟内，我又浮现在了你面前，那你就来救我。可如果，我被大浪拍倒了，十秒钟后，你没看见我浮出水面，也就是说我消失了，那就是大功告成，你弟弟我回到二十七岁去了！"

"也可能是死了……"方天霁实在不想陪着他发神经。

"呸！"

远远地，方天霖站在浪板上，伸开双臂，微微蹲下身，准备往前冲。

他已经不是冲浪新手了，但他打定主意不用任何技巧。

一个浪花过来，他被冲倒在了海里。

十秒钟后。

他又出现在了海面上，哭丧着脸。

站稳后，第二个浪来了，随即他又被冲倒在了海里。

未几，再次出现的他面部表情更扭曲了。

最后一次站到冲浪板上，他眼神坚定，充满必胜的信心。

第三个浪来了。

结果这次，他压根儿没有被冲下去……

"儿子，危险！"方母的声音突然传来，方天霖回身，咧嘴一笑大声喊着："妈，放心吧！你儿子学什么……"正说着，一个大浪拍过来，直直地砸向他。

方天霖被比之前猛多了的浪头打翻，卷进海里。

"小心！"方天霁顾不上冲浪板，跑上前去，纵身跃入海中，朝弟弟游过去。

正值西南风向盛行的季节，海浪运动不规则，海水的涨退让人很难保持平衡。

　　几次沉浮之后，方天霁才托住弟弟，待他身体维持住平衡后，两个人一起游回岸上。

　　"都这样……咳咳……都这样跟海水亲密接触了……还是穿越……不回去吗？"方天霖一边咳嗽，一边在方母拍打着他后背的时候小声嘟囔。

　　方天霁从背后走上前，用力一推，弟弟就跌坐在了沙滩上。

　　"你知不知道你这样有多危险！"

　　方天霖已经很多年没见到哥哥这个样子了，他有些愣怔地坐在原地，一旁的冲浪教练也跟着一起数落道："说得没错啊，太危险了，这次幸亏浪不算大，又离岸近，不然……"

　　方父也生气地把眼睛瞪得很大，看到大儿子怒气冲冲的样子，不由得更加搓火。他拉着方母往回走，边走边说："让他好好冷静一下，反省一下自己！"

　　冲浪教练已经把他踏着的冲浪板收了起来，看着僵持着的两兄弟不敢上前，在边上徘徊着不知道该不该问问两个人还要不要再试试。

　　方天霖低着头，不敢看哥哥的表情，更不敢让他看到自己的眼泪已经在眼眶里打转。

　　失败了……

　　眼下他没有任何办法了，总不能做出更令家人担心的事来……

　　他真的只能接受现实吗？

　　忽然间，方天霁从教练手中接过两个冲浪板，冲方天霖伸出了一只手，示意要把他拉起来，"我不知道你到底要干什么，不过，我陪你试一次，你记住，一个人的时候，不要再做这么危险的事。"

那天晚上的日落很晚很晚，也很美很美，方天霖心里想，或许全世界，也只有他能这么容忍自己各种莫名其妙的行为了吧。

方天霖的心里还在想，如果安晓月也在就好了，把她推进水里，看着她呛两口水，一定有意思极了。

"她会追着整个沙滩打我吧。"

方天霖轻声说。

这次三亚之旅，逐渐与记忆中的那次重合起来。

椰子里有虫、全酒店空调瘫痪、回程飞机晚点，一切与从前一般无二。

不得不说，如果上一次的旅行主题是难忘，那么这一次，方天霖有太多复杂的情感不知如何表达。

这个十七岁的夏天，变得格外漫长，在他已经快要耗尽全部耐心的时候，高三生活开始了。

02

对于一个普通人来说，高三意味着什么呢?

或许是人生当中第一次真正的转折和考验，痛苦与成长并存的独特体会，拼尽全力孤注一掷的孤勇和决心。

而对重新回到这个时刻的方天霖来说，都不是。

他清楚地知道自己未来的走向——没有什么独一无二，这是他早就经历过一次的人生。

穿过一条地下通道，楼梯口有售卖煮玉米的老伯，再走过一座人行天桥，小贩支着简易的桌子给手机贴膜，接着路过一片侧柏的树荫，有一家门面极小的新华书店，常年贴着步步高甩卖的广告海报。

从前的方天霖，从未对这些再普通不过的场景有任何留恋，可这一回再见，却带着全然不同的眼神。

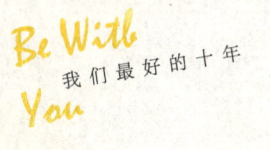

他站在一家废弃的商铺门口若有所思，走在前面的方天霁见他迟迟未跟上来，又折返回来找他。

"快走，要迟到了。"

"哥，"他犹豫着出声，指着破败的商铺，"这个店，咱们买下来吧。"十年之后，这里是寸土寸金的名牌商场。

"把你卖了是吧？"方天霁一把扯过他的书包带，拉着弟弟倒着走，"不知道咱家比别人家多一个不省心的孩子？哪有那个闲钱供你乱来？"

方天霖扭了个身，拉回自己的书包："谁乱来了，哎你眼光不够长远。不对……你说谁不省心？我考上成大了你知道吗？"

"我知道知道，快走吧，成大在前方等你。"

面对弟弟的满口胡言，方天霁早就有了一套敷衍对待的方法。

…………

熟悉又陌生的校园里，门卫的岗亭边趴着晒太阳的流浪狗，朝阳落在年久失修的双杠上，一个暑假没见面的学生三三两两打着招呼，方天霖却提不起精神。

教室里早到的同学们还没进入高三的学习节奏，正聊着暑假看过的电影和补习班的趣闻。方天霖没有跟任何人打招呼，独自坐到靠窗边倒数第三排的位置上，如果没记错的话，这就是他的座位。

脑海里那些成年后的同学聚会上觥筹交错的画面，与现在穿校服的青涩面孔交织在一起，他心里生出无限感慨。

都说高考不能决定一个人的一辈子，可是在如今的方天霖眼里，他似乎将那道无形的分水岭看得清清楚楚。曾经的亲密无间与后来的形同陌路，让此时此刻拥有"上帝视角"的他一点也愉快不起来。

方天霖从包里抽出扉页上写着"The Way Back"的笔记本，在上面赫然写下"第 28 天"几个字。

今天，是他穿越回来的第二十八天，在这期间，他试过无数次穿越回去的办法，然而无一奏效。此外，他还无数次拨打过那个烂熟于心的号码，却从未接通，这种来自十七岁的无力感让二十七岁的他极度懊恼。

他能做的事太少了，可是需要他做的事又太多……

"找到了！"同桌陈莺莺打断他的思路，从课桌抽屉里拿出一件校服上衣，"我就知道我把旧校服忘在教室里了。"她一边说着，一边检查校服的口袋，对于意外翻出来的五块钱也由衷地开心，下一刻，却突然拔高声调质问："方天霖，这是不是你干的？"

方天霖侧目，看到她手里校服的背后用黑色碳素笔画了一只丑丑的乌龟。

他认真回忆了一下，却一点也想不起来了，"怎么可能是我，幼稚。"他冷漠地回道。

明明他从前才是最幼稚的那个！

陈莺莺观察他脸上的表情，看不出恶作剧后的得逞，难不成真的不是他干的？她还要再问，看到方天霖已经瞥开了视线，索性闭了嘴。

都说高三之后很多人因为压力大会得焦虑症，这个方天霖开学第一天就异常的低气压，该不会心理素质这么差吧？

陈莺莺想了想，又觉得有些自讨没趣，于是从书包里掏出一沓粉色的信纸，小心翼翼展开，又把英语书立起来挡住，偷偷地写起信来。

第二次正式上课的铃声响过后，英语老师快步走进教室，目光如炬地扫视一圈，把手里的卷子甩到第一排中间同学的桌上。"随堂测验！"她负手立在讲台上，俯视着整个班级。

方天霖快速地把卷子扫了一遍，他的目光落在第一道选择题上。这道题的答案在他看完题目之前就已经浮上心头，是选 C，没有任何错，连选项的位置都没发生一点改变。

按照上一次人生的发展路线，这次测试他会考 98 分，扣掉的两分是因为卷面不整洁。

他吊儿郎当地把题目快速做完，手里的笔一扔，不偏不倚地砸到前桌的同学。同学一个哆嗦，撞到他的桌子，没盖好盖子的杯子在连锁反应下被撞翻，试卷像十年前一样被水泡了个彻彻底底——丢掉的那两分卷面分就是这么一回事，一模一样。

方天霖皮笑肉不笑地"哼"了一声，一系列动作尽数落入方天霁的眼中，他认认真真观察起最近极其反常的弟弟。

"是的，全世界都没变，只有我变了。"方天霖万般无奈地一个人叨念着。

这样的情况持续了好几天，终于，因为睡眠不足，方天霖在一堂数学课上直接昏睡了过去。

"高三了，居然还有同学这么肆无忌惮，以为自己成绩好就可以为所欲为吗！"数学老师生气地提高嗓门儿，见方天霖依旧没有反应，他挥了挥手中的三角尺，往讲桌上一拍，声音又提高八度："方天霖，你给我站起来！"

睡梦中的方天霖被吓得一个机灵，他条件反射一般直直地站起身，却忘记了自己身材还没有消瘦下来这个事实，桌椅被他的动作一带，发出刺耳的摩擦声。

周围隐隐传来憋笑的声音，方天霖懊恼地低下头。片刻之后，他抬起头，看了一眼黑板上老师正在写的公式，面色已经恢复正常。

他镇定自若地说："这道题的答案是6。"

"你说什么？"数学老师没想到他突然说出来这么一句，反问道。

他准确无误地把解题步骤说了一遍，语气里都是不耐烦的态度，数学老师听完更加生气，冷笑两声后说道："会答题没什么了不起，你这种态度迟早要栽跟头。方天霖，你现在给我去操场跑十圈，跑不完就不用回来了！"

跑就跑！

明明就是都经历过的，却还要耐着性子再重新经历一次，明明就是都会做的题，对答如流却硬要被误解成心高气傲和满不在乎！面对这种糟糕又无趣透了的境遇，怎么可能会有人能静下心来，还能像从前一样认认真真坐在教室里机械地重复一遍！

方天霖心中憋着一口气，委屈又窝火，他夺门而出，几乎是一路低头跑到了操场。

几十天以来心里所有的不甘和酸楚都在一个瞬间涌了上来，他像是不知疲倦一般在塑胶跑道上费力地跑着，汗水混杂着泪水一起流了下来。

不知道过了多久，有个熟悉的身影冲过来，方天霁拽住他的胳膊喊道："方天霖你够了！"

因为跑步的惯性突然被打断，方天霖没站稳，一下子被拽倒在了地上。他轻笑出声，笑着笑着声音突然变得哽咽，后来干脆直接躺倒在地。眼前是方天霁关切的脸，他沙哑着嗓音开口道："哥，我真的是够了！"

谁想这样呢，像陷入一个怪圈一般。

他不是那个未经世事的少年了，试卷和考题，同学和老师，新闻和八卦，没有一样能让他的注意力集中。也不是没想过干脆重新活成另一个样子，可是又担心这样和自己想要的结果会大相径庭。

内心的焦虑和无奈，胆怯和放肆，跃跃欲试和小心翼翼，都成为一种让人难以忍受的折磨，割在方天霖的心上。

回到家中已经是晚自习过后了，垂头丧气的方天霖一声不吭地走进自己房间，顺手把房门锁上。他背靠着门慢慢滑下去，半晌才麻木地起身，扑到床上，疲惫地闭上眼睛。

那天晚上，安晓月久违地出现在了他的梦里。

依然是穿着她最喜欢穿的白色长裙，长发及腰，方天霖愣了愣，伸手一捞，就把她拢入了怀中。她一句话也不说，静静地任由他抱着自己。

方天霖把头埋入她的肩膀，感觉到有热泪从自己的脸上划过，抬起头，就看见安晓月露出一个甜甜的笑。

"晓月，你终于来了，我好想你啊。"方天霖呢喃道。

安晓月在怀里安安静静的，像温柔的月光。

"晓月，再见到你真好，你知道吗，我不敢告诉身边的人自己的变化，哪怕是最亲近的人。我怕他们觉得我疯了，更怕他们因我而惶恐，这种感觉就好像我总是什么都不告诉你，尽力维持着公司和家里表象的和平。我不敢说我看到了离婚协议书，我不敢戳破你爸的谎言，所有的压力我自己扛着，我真的好累好累……"

方天霖发泄般地说出了长期以来埋在内心最深处的话。

"不过我是不会放弃的，十七岁的我，和二十七岁的我都不会放弃！你会等我的，对吗？"

还没来得及等到答案，忽地，安晓月的身影一闪，消失在自己眼前。

他伸手扑了扑，除了空气，一无所有。他下意识地四下张望，发现自己身处在一个空荡荡的空间里，入目之处全是灰蒙蒙的颜色，没有一丝生气。

"晓月，晓月你在哪儿？"他喊出声，"晓月你别吓我！"

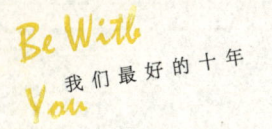

挣扎当中，他猛地坐起身，等眼睛适应了周围的黑暗，才知道这只是一场梦。

和往常的噩梦别无二致。

他躺在床上摇了摇头，腹部传来一阵一阵的刺痛。

高中阶段，他基本上一天要喝两杯咖啡，结果是胃被喝得异常脆弱。加上最近睡眠不好，胃病就又开始犯了。方天霖学着安晓月的样子使劲搓搓手，趁着手热的时候捂到肚子上。

也是奇怪，每次她这么做都好像有点效果，可是自己这么做就一点用都没有。

摸着自己厚厚的肚皮，他意识到，一切都与先前不同了，现在的他可不是什么帅气的总经理，而是一个胡须青青，体态肥胖的高中生。

方天霖轻叹一口气，慢腾腾地起身，想去厨房给自己做点夜宵吃。

夜深人静，方父和方母早就已经休息了。

方天霖和方天霁在这个方面格外让他们省心，每天两人都是早饭过后按部就班地上课，晚自习结束后回到家中，把白天学得不太踏实的地方再过一遍，学习和生活都格外规律。

他轻手轻脚地打开自己的房门，一片黑暗之中，只有他一个人蹑手蹑脚地左右张望。确定没打扰到家人，方天霖轻声走到厨房，从冰箱中翻出一个西红柿和两个鸡蛋，笨手笨脚地开始切菜。

静谧的氛围中传来"啪"的一声，方天霖身体一僵，把头探出厨房——方天霁迎面走了过来。

看见弟弟手里拿着刀和西红柿，方天霁微微挑了挑眉，"饿了？"

方天霖"嗯"了一声，小声说："胃病犯了。"

"晚上不去吃饭，胃病不犯才奇了怪了。"方天霁接过他手里的东西，嫌弃一般地撇了撇头，"一边儿站着去。"

被罚跑完之后，方天霖在操场躺了很久，方天霁就在他身边静静地站着，什么都没说。

他错过了晚餐时间，方天霁也一样。

想到这儿，方天霖轻咳一声，"哥，你是被我吵醒的，还是也被饿醒的？"

方天霁回头瞥了他一眼，面无表情地把手中仅剩的西红柿一切为二，边切边慢悠悠地说："你说，切完这个西红柿，该切点什么才能让我一口气吃饱呢？"

多年的默契让方天霖立刻反应过来，他从冰箱里又拿出来两个鸡蛋和一个西红柿，"哥，做夜宵真的是辛苦了，您受累，再多做一份？"说完，他轻笑一声，为这种温馨的习惯，也为此刻心上泛起的涟漪。

方天霁一言不发地接过他递过来的食材，切着切着突然开口道："小霖，高三已经来了。"说着，他停住手里的动作，回过头，定定地看着方天霖。"不管你在想些什么，都要把成绩放在第一位。从小你就想上成大，现在可能是你离成大最近的时候了。"

"哥，我可以考上成大的，我们都能考上成大，我知道的。"方天霖有些着急地往前进了一步，"我会考上中文系，而你会考上考古文博学院，哥，你要相信我。"

"我相信你。"方天霁面色平静地回道，"这是我们梦寐以求的人生，所以从现在开始，务必要认真对待。"

"哥，不是这个意思。"

"是。"

"不是，哥……"

"是。"

方天霁更坚决地打断弟弟的胡言乱语。

水开了，发出"咕嘟咕嘟"的声响。方天霁回过身，掀开锅盖，将一把挂面撒了进去。

方天霖很少会听自己的哥哥一口气说这么多话，他的身影忙碌着，让方天霖想起十年后他曾经有一次因为应酬喝多了酒，安晓月也是这样在深夜为他煮面。

一瞬间，更多的酸涩情绪又涌上了心头。

一个多月了，他一心想着要回到二十七岁，只想着安晓月，几乎没有顾及家人。

方天霖歪头去看哥哥的侧脸，看到本该不属于他这个年纪的担忧神色。

其实，他不是不知道每天早上父亲和母亲在目送他离开家门时，都会用眼神暗示哥哥多多照顾自己。课上课下，自己有一点风吹草动都会引起哥哥的注意。这些他都看在眼里，却从未上心。

他无意中说起的天灾人祸，他玩笑般提过的股票和基金，他刻意提醒的天气，还有他当作宝贝似的手机，无一不在向他最亲近的家人释放着反常的信号。

方天霖突然自责起来，是啊，对自己来说的确是在过重复的生活，可对于身边的他们而言，这可都是仅此一次的人生啊！凭什么要因自己弄得家里人都惶惶不安。

其实，假如说不考虑安晓月，只考虑到父母，那谁不希望回到过去，看看他们年轻的样子，并且再用力去多爱他们一些呢？现在那些常挂在嘴边的"如果时光倒流"真的出现在了面前，明明拥有的是再来一次的机会，可是自己却并没有珍惜……

思绪一下子飘出了很远，方天霖觉得开水的热气好像熏得自己眼睛直发烫，他抽了抽鼻子，使劲揉了揉眼睛，"知道了，哥。"

只要爱的人都在身边，并且依然彼此深深爱着，那么即便是再枯燥的二次人生，或许也会意义非凡。

03

时隔四十多天，方天霖终于恢复了从前的样子。

阳光开朗，自信洒脱，热爱着一切他这个年纪的男孩子可能会热爱的事物。

方天霁来叫他吃早餐，倚在他卧室的门边看着弟弟套上校服，臭屁地在镜子前摆弄着头发，直到额前的刘海儿被捋出一个自然的弧形，这才大喊一声"哥"，边喊边跑向餐厅的方向。

亲了一口老爸老妈，抱了一下家里养的棕黄色猫咪，撒了一把鱼食给鱼缸里游动着的小鱼，他拿着方母做的三明治就出门上学去了，留下方父大跌眼镜的表情和方母许久未见的笑容。

即便是一堂已经许久没认真听了的历史课，当老师讲到明朝的税收制度时，他的胸中也会燃起久违的热情。

捕捉到他目光中的激荡，老师冲他挑了挑眉，"有什么要补充的吗？"

因为方父曾经跟过一个明清历史专家的采访，所以方天霖在年幼时就读了很多方父当时为了了解专家所收集的史料，对明清的历史有很深的了解。

听到老师的话，他站起身，头一歪，往上扯了扯唇角，"张居正推行'一条鞭法'制度，看似突然，实则铺陈几年有余，才能推进得如此顺利。我曾经在一篇论文里读到，推行此种赋税制度前，徽州曾发生过一场震惊朝野的赋税之争，而这场争斗很有可能就是他铺陈的一环。可见所有成功都不会是侥幸，有的时候一个个小事件组合在一起，就会像齿轮一样前后咬合，哪怕是差上那么一点，都没办法带动历史这个大型机器的运转。"

就像过去的这些日子里，无论怎样努力，他也找不到回去的路。可是其实，谁说一定要回去呢，只要看到未来的方向，迎头而上不也是找到人生的一种方式吗？

坐在他斜后方的方天霁望着他侃侃而谈的侧脸微微出神，方天霖从来都不知道，自己会因为沉淀到骨子里的这些才学而变得闪闪发光。

尤其是在他哥的眼里。

一席话说完，有同学鼓起掌。在方天霖不好意思地挠头准备坐下时，方天霁微微垂下头，嘴角露出一丝不易察觉的微笑。

"说得很好。"老师在掌声中频频点头，"我们在课上就不针对此事进行展开了，同学们一定要记住的知识点是'一条鞭法'的主要内容和历史意义。除此之外，读史可以明志，关于这一点，方天霖同学已经向大家进行了充分的展示。"

时隔一个半月，那个开朗热情的学霸又回来了。课间的时候，几个平时玩得很好的同学围到方天霖的桌前，大家有说有笑，一下子就把时光带回了他们彼此都熟悉的模样。

方天霖把桌上摊着的历史书翻开，指着"一条鞭法"语重心长地说："考点啊朋友们！"

听到他的话，陈莺莺郑重其事地在书上做了一个标记，同时，方天霖还看到了她夹在书里的那个心形信封。

他电光石火般想起来一件事。

他的这位傻同桌，某一天课间去给隔壁班的男生递信，被年级主任抓了个现行，至此沦为隔壁班的笑柄，说她癞蛤蟆想吃天鹅肉。

算算时间，好像就是这阵子了。

不行，绝不能让她再出丑，方天霖这样想着。

"陈莺莺，哎，写什么呢？"方天霖明知故问。

女生警惕地用校服袖子挡住他的视线，守护着青春期里的小小秘密，"背你的单词，管我干吗？"

"我就是想提醒你一下，第一节英语课有随堂测验，你现在临时抱佛脚还来得及。"

"什么？"女生的注意力被成功吸引，"这才没几天，又要测验？"

"真的，你相信我，我记得……课代表提过，说英语老师总喜欢给我们'惊喜'。"

"是'惊吓'吧！"陈莺莺不情不愿地把情书收进书包里，

然后把头悄悄凑过来，轻轻地"欸"了一声，接着说，"我问你啊，你们男生会不会特别看不起主动提出一起学习啊、回家啊的女生？"

"不会啊，"方天霖意识到她还是要递送情书，于是赶紧琢磨了一下措辞，"不过提出的时机很重要，比如放学就比课间好很多。"

"是吗？"陈莺莺若有所思，她原本只是随口一问，看到方天霖似乎正经聊了起来，她鼓起勇气，"你认识八班的蒋海啸吗？"

方天霖认真在记忆里搜索起这个名字，随后狠狠拍了一下大腿，他就说怎么那么熟悉呢！那是陈莺莺结婚请柬上的另一个名字，正好就是陈莺莺要送情书的那个隔壁班的男同学！

他没有忍住笑意，揪了一下陈莺莺的马尾，"可以呀你！从这时候开始的，没想到最后修成正果了啊！"

陈莺莺的情路在他印象中并不顺遂，大学瘦身成功之后，被一个渣男欺骗，吊着她好几年，辗转很久，她才跟蒋海啸在一起了。

"我知道他，怎么了？"方天霖几乎猜到陈莺莺接下来要说什么。

果然，女生的脸颊渐渐泛红，"我想把这封信给他。"

换成以前的方天霖，大概已经从座位上跳起来了，这等新闻，简直是枯燥的高三生活中最好的调剂品。

不过现在，他默默点头，"你写吧，放学后我帮你去送，保证比你亲自送要强得多！"

陈莺莺左右思忖了一番，盯着方天霖看。

"快写啊笨蛋，"他用一支下蛋笔轻轻敲了一下她的头，"等下的完形填空可以看哥的！"

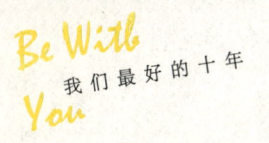

　　陈莺莺投来感激的目光，只是她绝不知道，如果没有方天霖这一次的挺身而出，不久后她就会成为全班的笑柄——"癞蛤蟆想吃天鹅肉"。

　　"别说话了！"坐在他身后的方天霁用碳素笔戳了一下自家弟弟的背。

　　"背单词！"他提醒着。

　　"你干吗去！"一下课，方天霁就拦住了抱着篮球往教室外面冲的弟弟。

　　"打球啊！"

　　"高三了，你还有时间打球？"

　　"这不是才第一天嘛！"方天霖有点不耐烦，他哥以前没管他那么多啊，何况，他身上还背着陈莺莺交代的"任务"呢！

　　他没多跟方天霁解释，也完全忽略了穿越之后唯一改变了的哥哥。

　　球场上比赛正酣，一个暑假没怎么见面的高三篮球队的学生聚在一起，不痛痛快快打一场谁也不想回家。

　　"天霖！"个子最高的男生扬了扬手，场上其他人都望过来。

　　"学霸来啦！"有队友招呼。

"这是哥哥还是弟弟啊？"球场边有窃窃私语的议论声。

这种关注方天霖一点也不陌生。

男生熟悉起来有多快呢，大概也就是一场球赛的时间了。

他跟蒋海啸一起往公交车站走，对方一边走路一边练习手指转球。

"哎，你认识我们班陈莺莺吗？"方天霖问。

"认识啊，"蒋海啸并未多想，"我们家对门邻居。"

兜这么大个圈子，原来是对门！方天霖哭笑不得地从书包里拿出来一封皱皱巴巴的信，信纸的外侧被桃心贴纸贴上，很明显是一封表白情书。

"你干什么？！"蒋海啸吓了一跳，往后退了几步。

"我能干什么！"要是十七岁的我，这会儿绝对要逗你一番，方天霖腹诽。

蒋海啸接过信，才发现署名并不是眼前的这个方天霖，而是对门的胖女孩陈莺莺。一言不发地看完，他说："陈莺莺让你给我的？"

"嗯，你怎么想？"方天霖问。

"什么怎么想？"

"陈莺莺啊，你打算怎么办？"在方天霖的意识里，蒋海啸最后是会跟陈莺莺走到一起的，如果提早了，岂不是能省得那个傻姑娘走那么多的弯路。

只是，他未料到蒋海啸会说出接下来的话。

"哎，"男生摸摸自己的后脑勺，有点羞涩地问："她为什么不自己给我？"

方天霖完全能理解陈莺莺那点小心思，也从蒋海啸的表情里看到了一如当年自己对安晓月一样无法掩藏的在意，他打赌这不是无疾而终的单恋。

"女生嘛，害羞，加上她有点不自信。"

"真笨！"男生把左手的篮球换到右手，发出重重的声响。

赌对了！

"兄弟，陈莺莺性格很好，以后又瘦又美，我只能帮你到这儿了。"方天霖潇洒地挥挥手，朝反方向走去。

夕阳把他的影子拉得很长很长，他全身心感受着帮助他那个笨蛋同桌的喜悦，丝毫没有注意到书包里的诺基亚亮了起来，屏幕上一个叫"宝贝"的名字发来短信——

"你到底是谁？"

书房的窗外是一片悬铃木，路灯照在树叶上，泛着柔和的光。

客厅里传来电视的声音，夹杂着爸妈跟哥哥的谈话声，夜风吹进屋里，惬意得不像话。

方天霖打开台灯，这画面多少次在他成年后的回忆和梦里出现，这一瞬间，他甚至为重生而庆幸。

他从包里抽出扉页上写着"The Way Back"的笔记本，从前面翻开，在上面赫然写下"第45天"几个字，随后又翻到最后一页，写下"第1天"。

今天，是他穿越而来的第四十五天，也是联系到安晓月的第哦啊一天。

原本一天比一天烦躁的心情，突然被手机屏幕上几个简单的字抚平。

"你到底是谁？"来自2007年的安晓月这么问他。

我是方天霖，是你的丈夫，是你孩子的爸爸，来自2017年的方天霖在心里回。

他才不敢真的这样说，不然一下子就会被永久拉黑，彻底没了翻身的希望。要不说，很多事情，你越着急，越没办法。

"安学姐你好，可以这么称呼你吗？我叫方天霖。"短短几行字，他斟酌再三，输入又删除，手心出了很多汗，竟用了半个小时才发送成功。

"无意中得到你的联系方式，冒昧打扰你，我今年上高三，立志考到成大，希望变成跟你一样优秀的人。"

他心底燃着希望的小火苗，从来没有这么迫切想要得到她的回应。

"加油。"她的回复很短，尽管是对待自说自话的陌生人，她也保持着善意。

这就够了，方天霖把手机贴近胸口，只要确认她在，无论是十年前的她还是十年后的她，他都要去到她身边。

窗外的夜色正好，不时有猫咪穿过灌木丛发出的窸窣声。

04

一年一度的秋季运动会将至，这可是除了元旦晚会以外，全校最有名的集体活动了。在这一天，浑身散发荷尔蒙的男孩儿会带着腹肌跳高和赛跑，而漂亮的女生也会穿着紧身衣在接力赛中接过一棒又一棒。

对于这个全校学生最爱的活动，就连深陷在题海中的高三学生们都有些蠢蠢欲动。

上一世，高三的方天霖对于书本以外的事一律兴趣不大，可是这一次他却心思活络了起来。

说来也奇怪，上一次，方天霖在高三备考过程中迅速消瘦，从一个圆滚滚的小胖子，变成了一个玉树临风的大人。

方天霁也是如此。

然而这一次的高三却没有让方天霖变瘦，身材从胖到瘦的，就只有方天霁一个人。

面对着二人越来越大的身材差距，方天霖又开始着急了。

他左思右想，怀疑各种原因，最后把原因归结在没了压力上面——他知道自己能考上成大，哪里还有什么压力。

所以当体委站在讲台上激情澎湃地鼓励大家报名运动会项目的时候，方天霖在同学们惊诧的目光中缓缓举起了手。

"三千米欸！"同桌陈莺莺悄悄揪了一下他校服的袖子。

自从上次帮忙递信之后，方天霖虽然没有多问，却也看到她跟蒋海啸亲近了起来，偶尔一起吃午饭，晚自习也会一起讨论题目。也正是因此，陈莺莺对方天霖一直心存感激。

"你是不是没听清项目的名字？"她小声提醒。

后座的方天霁也投来探寻的目光。

"听清了，我就是想顺便督促自己减肥。"他行云流水地做完了一篇阅读理解，根本不用去对答案，从前的认真与用心让他在这一次人生中省了不少力。

方天霁伸手过来拿走了他的题册，迅速帮他对比了一下标准答案，结果自然是全对。他看着弟弟的后脑勺若有所思，他近来的学习状态越来越好了，那就没什么理由阻止他锻炼了，只要不耽误学习，参加运动会当然是好事。

自从报名三千米长跑之后，每天晚自习下课，方天霖都会去操场上跑五圈。从一开始的吃力，到现在能坚持匀速跑完全程，虽然只有短短一周，但是已经让方天霁刮目相看了。

他偶尔会陪他跑两圈，更多的时候，他拿着矿泉水和书等在看台上。

每次方天霖想要放弃的时候，看到坐在一旁认真的哥哥，就会再加一把劲，他们理应一起变得越来越好，他不能落后，他们会像从前一样顺利进入成大，成为父母的骄傲。

而他这么卖力减肥，还为了心心念念的安晓月，他绝不能以这样肥胖的姿态出现在她面前。

运动会上，人声鼎沸。

"砰——"

发令枪响起振奋人心的声音。

跑道上的运动员纷纷向前冲去，看台上坐满了喊着"加油"的学生，广播里的甜美声音，也传来阵阵鼓励和祝语。

青春的气息逼人，方天霖莫名被点燃热血，几乎完全忘记了自己已经是拥有二十七岁灵魂的"大人"。

每次路过操场东隅，震耳欲聋的"307"和"方天霖"就充斥着他的耳朵，他没想拿到多好的名次，只想坚持跑完全程，却被一声声"加油"催得脚下越来越快。

最后一圈，方天霖惊讶地发现，他是跑在第四名的人。

蒋海啸和陈莺莺在跑道外围陪着他跑，每当他坚持不下去脚下步伐放缓时，陈莺莺就会为他大喊助威。由于第三名和第五名都是308班的同学，蒋海啸不敢大声给方天霖加油。

前三名才计入名次，前三名才有奖品，前三名才能给班级加分。

方天霖不知道哪里来的力气，速度又加快了。

显然，第五名那位也是这么想的。

大家都留了一些体力等着这段冲刺，身后的同学逐渐跟方天霖缩小了差距。

两个班的学生几乎都从看台上站起来了，伸着脖子扯着嗓子大喊运动员的名字。

刚过主席台，第五名忽然向前扑去，就那么一"顺手"，把前面的方天霖拽倒了。

无论从哪个角度看，他摔倒的动作都不应该碰到方天霖，可是偏偏就这么"巧"。

塑胶跑道擦伤了方天霖的膝盖和小腿，鲜血止不住地流。

蒋海啸顾不得太多，上前揉了一把自己的同班同学，大声质问："你干什么！"

还能干什么。

摔倒的一瞬间方天霖就反应过来了，这位同学是"英勇就义"啊！

眼看着自己要超过前面的人取代第三名的位置，身为同班"战友"，他牺牲自己成全了别人。

就是可怜了方天霖的膝盖。

他抬起头，看到同样摔倒的男生情况也没好到哪里去。

主席台跑下来两位体育老师，一个拉开了蒋海啸，一个查看着两位运动员的伤势。

随后这位体育老师并没有说什么，只是简单描述着"有同学在比赛过程中不小心受伤"。第五名犯规的同学并没有受到任何惩罚，一向善于大事化小小事化了的体育老师，也没给方天霖什么交代，除了"快把两位同学送去医务室"。

可是安慰着送去医务室有什么用呢？这已经无法改变已有的名次。

大概是二十七岁的心智所致，方天霖对这样的判定结果并没有什么微词，谁知道他才站起身，就看到以方天霁为首的全班男生几乎全员而出，一起冲过来看他了。

"喊，幼稚。"他在心里笑，眼眶却热得厉害。

"不公平"的抗议此起彼伏，却因为当事人异常冷静，谁也没再计较什么。

原以为这事就这么过去了，方天霁和蒋海啸陪他去医务室包扎了伤口，回操场的时候正赶上广播里宣读男子三千米比赛成绩。

当念到第三名的时候，震耳欲聋的"方天霖"齐刷刷响起。

除了自己班的学生，其他几个离摔倒地方近的班级的同学也跟着一起大喊，声音响彻操场，完全压住了第三名同学的名字，谁也没记住他到底叫什么。

三个大男生眼睛都红了。

方天霖很久不曾见他哥哭过，自己的眼泪也没顾上擦就指着他笑，"我要回去跟爸妈说，我膝盖摔伤把我哥吓哭了。"

这一战，方天霖的名字被更多学生知道了，不过他丝毫不觉得荣幸，因为他还在苦恼没有瘦下来这件事。

漫长的高三生活在紧张的学习中过得飞快，插曲平息，冬去春又来，转眼间高考就要来临。

大概不会再有第二个人，进高考考场时能自信到让自家父母担心的地步了吧。

站在警戒线内，方天霖回头看着在身后张望的父母，咧嘴露出一个笑，冲他们比出一个 OK 的手势。

"你悠着点吧，读题的时候仔细点。"方天霁看着他嘚瑟的样子，微微皱了皱眉。方天霖从小就容易粗心，眼下他这个状态，让方天霁想到了中考的那一年。

当时他也是自信满满地进了考场，最后一道大题他洋洋洒洒地解到最后，愣是把"3+2=5"写成了"3+2=6"，以两分之差，名次排在了方天霁之后。

"最后一次了，务必加油。"在考场门口分别前，方天霁难得话多地又嘱咐了一句。望着方天霖脸上洋溢着的笑，他心中涌起一阵阵的不安，只能使劲地拍着方天霖的肩膀，又重复了一遍："务必认真，务必加油。"

"哎呀别啰唆了，放心放心！"

方天霖每科只用了不到一半的时间就答完交卷了，毫无例外的考题，搭配上毫无例外的解答，与这个例外的夏天格格不入。

自信的他甚至在写下答案的一刻，就能估算出自己最终的成绩了。

高考结束的那一刻，方天霖激动的心情甚至超过了上一次拿到成大录取通知书的时候。因为此时此刻，除了知道自己会被成大录取之外，他还知道自己即将堂堂正正与安晓月见面。

和大多数同学不一样的是，方天霖丝毫没有等待成绩的焦灼，他最后一个高中的假期过得不亦乐乎。

每天一觉睡到自然醒，起床后就有丰盛的早餐和营养的果汁，上锁许久的游戏机被解封，连零花钱都比以往多了两倍。

除了身边少个安晓月，方天霖觉得此时的生活简直堪称完美。

整整半个月，每当有人问起对高考成绩的预估，方天霖都会把过去高考的成绩大大方方地报出来，然后换来对方一个惊叹的表情。

关于这件事情，方天霖虽然也觉得自己有些自大，但想到这次没有变化的考题，也就不怀疑自己真的有实力拿到这样的分数。

在方家一派喜气洋洋的时候，方天霖并未意识到，命运借着他身材没有按时瘦下来的机会就已经发出了警示。

他以为的一模一样的人生，其实早就已经开始变换形状了。

高考成绩出来，方天霖的成绩比预想中少了整整 60 分。

他呆呆地反复听了几次机械般报数的声音，心中犹如一团乱麻。

怎么可能?

怎么可能!

不可能的! 这根本不可能是我的人生!

"一定是统计分数的人搞错了，才会让我的成绩有如此大的偏差。"方天霖心里这么想着，怒气冲冲地向父母打包票，自己的成绩绝对不可能这么差: "一定要复查! "

就这样，方父向招考办公室提交了复查申请，等待许久之后，他们终于申请到了复查的资格。

只是方天霖万万没想到，自己真的只考了这么多分——数学考试中，他的答题卡上涂满了正确答案，却在答题卡上贴反了自己的考生信息，导致这一页选择题等同于没做，成绩为零。

方天霖彻底慌了，眼神空洞，目光无神，当着复查老师的面，他的眼泪开始流个不停。

"不会的，不会的，不是这样的！不是这样的！"方天霖扭曲着表情，挣扎地跟复查老师说："不可以，不可以……"

失去力气的他一下子瘫倒在了地上。

他从没想过，当一次近乎失事的航班落地后，从此人生彻底改变。而更让他意外的是，在这次本该轻车熟路的二次人生里，自己的生活却越来越糟。命运没有听话地给着安排，而是跟自己开了个天大的玩笑。

"我的人生怎么会这样？我不能这样的，我要考上成大，要遇见安晓月！要和她在结婚！要去土耳其！"眼神空洞的方天霖像疯了一样不停念叨着。

"啪！"一个巴掌，方父重重地打在了方天霖的后背上，方父无法接受这样神经兮兮的儿子。没多久，没被衣服盖住的后脖颈上，就显现出了红色的印迹。方天霖不再嘟囔了，不知道是被方父一巴掌打蒙了，还是自己已经没有力气去叨念什么。

"给我站起来！"好面子又要强的方父大声喊着，一嗓子把方母的眼泪也喊了出来。

怎么会这样啊。

人生，到底，怎么会这样啊。

05

　　记忆中，再没有哪一个夏天比现在更热了。

　　家里持续低气压的第三天，方父忍无可忍地推开了方天霖卧室的门。

　　看到方天霖的瞬间，方父像是被抽干了浑身的力气，用手扶住门框才没有倒下。

　　他最宠爱的小儿子——那个从小朝气蓬勃、生龙活虎仿佛永远不知疲惫的小男孩，正独自坐在地毯上。他头发蓬乱，满脸胡茬，眼中都是红血丝，听到开门声与脚步声，连头也没有抬。

　　"小霖，"方父哽咽，"人生的路还很长。"

　　是啊，人生的路还很长，可是方天霖的路，却格外地长。

　　"这次成绩出现这么大的偏差，不是你的能力有什么问题，而是心态出了问题。"方父皱着眉头想了想，遭受到这次的打击，应该会让儿子彻底戒掉"轻敌"这个毛病。这样一来，事情就好办多了，只要复读一年，这些问题就都能迎刃而解了。

"爸爸建议你复读。"

他终于抬起头来。

逆着光，他有点看不清父亲脸上的表情，他忽然想起来很久以前有人说过这么一句话："选择未来方向时，可以这样问自己，如果照着这个方向走下去，未来的自己会不会令现在的自己讨厌。"

按照上一次人生的发展轨迹来看，如果复读一年，等他考到成大的时候，大四毕业的安晓月就已经出国了。

可以肯定的是，结果会是他完全没有机会遇到她。

而这恰恰是他无论如何都没办法接受的。

"爸，如果我不想复读呢？"他用澄澈而迷惘的眼神看着方父，心里有一个答案，宁可不上成大，他也不能错过安晓月。

只是，他不知该如何获得家人的理解。

方父强压住怒火，"不复读，你想干什么？"

"我不能再让我的人生出任何差错了，我不要再遇见任何变化了，这已经够受的了，我不能复读！"

方天霖费力站起来平视着父亲。

"啪"，一个巴掌落在方天霖的脸上，五个手指的印记清晰可见。

方父心下感叹，他明明已经跟自己一样高了，可为什么还是这么冲动，这么不懂事。

"爸！"门口的方天霁箭步冲进房，拦住了方父又高高举起的手。

"你打他干什么？"原本还在观望的方母也急急护住方天霖，立刻跟着哽咽起来，"他心里比谁都难受！"

"我就是想问问他，"方父指着方天霖，手指因生气而剧烈发抖，"不想复读，不读成大，你是要放弃自己的人生了吗？"

"不是！"方天霖狠狠抹了一把眼泪，"我不是要放弃，我要去读第二志愿的大学。我会考研，我会考进成大！"

方父听到这里，又要上前打他。

"不要胡闹了儿子！快跟爸爸认个错吧！"方母祈求般牵住小儿子的手。

一时间，房间里充满了女人的哭声和男人粗粗的喘息声。

"爸，妈，"持续的僵持中，方天霁以前所未有的认真态度开口："这是小霖自己的未来，就让他自己选吧。"

如果没有后来的一个又一个意外，方天霖大概永远也不会知道，方天霁在说出让他自己选时，心里对他孤注一掷的选择有多么不解。

但是不管怎么样，方天霖如愿了，他考取了第二志愿——北方传播大学。

一个成大，一个北传，一个在西，一个在东。

命运不停地跟他开玩笑，像是在试探他的底线到底在哪儿。

但是即便如此，他依然坚信只要哥哥方天霁在成大，他就有的是办法接近安晓月，再说了，本科读不了成大，凭着自己的本事，研究生也能考进去。只要结果是正确的，过程再怎么煎熬他都可以承受。

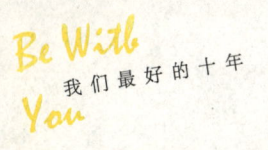

尽管，他为此付出的第一个代价是方父整整一个夏天都对他不冷不热。

以前的这个夏天也如此沉闷吗？

没有吃不完的散伙饭，没有通宵的 KTV，没有痛快淋漓的球赛，也没有关于大学的任何期冀。

不会啊，不该是这样的。

方天霖把自己关在房间里，几乎封闭了所有跟朋友和同学联系的渠道。取而代之的，是他整日待在家中荒废时光，不过，这难得的独处倒是让他把以前因为高考而落下的最爱的漫画，从头到尾补了一遍。

路飞总会遇到乔巴，阿拉巴斯坦终归与公主分离，山治早晚会离开，罗宾也不会无缘无故被杀害。这就是命运。方天霖读着这些漫画，理所应当地给这些人物下着一个又一个的定论。

当暑气渐渐消散，北方传播大学开学了。

方天霖在一家人的陪同下办了入学手续，拿到学生证的那一刻，他看着北方传播大学的校徽，一时之间有些恍惚。

他强颜欢笑地跟家人说着学校离哥哥就读的成大也不算远，

两个人能互相有个照应。半哄半保证着，才让方母安下了心。

木已成舟，方父心里的别扭和不甘在大学里充满朝气的氛围中平息下来。离别之前，他拍着方天霖的肩膀叮嘱他，要好好利用大学的时光，弥补高考给他带来的不足。

只有方天霁什么都没说，所有的情绪都收敛在心里。

方天霖看着这样的哥哥，想到他过两天也该去成大报名了，怅然若失之感又浮上心头，他多想跟他一起踏入那个让他们无比骄傲的燕园。

他知道哥哥必然也很失落，只是不善表达出来。小时候两个人一起学书法，方天霁最先学会的就是藏锋，好像也是从那个时候开始，他就很会把自己的情绪藏得很好。

只是在方天霖面前，他藏得再好也没有用，他眼底的失望，从来不比自己少。

一家三口乘车离开，方天霖独自站在人行道旁目送着渐行渐远的黑色轿车，脸上强撑出来的笑意才终于褪去。

坦白讲，他对未来是感到恐惧的，他的心里也的的确确非常不踏实。毕竟在这一次人生里，发生了的和要发生的，似乎都是他从来没有过的体验。

过去，就算是离家住校，他也离方天霁很近，后来他又遇到了安晓月，恋爱与学业充实着他的生活。这样算起来，他之前的二十七年人生里，从来都没有过形单影只的时刻，他根本无暇体会什么是孤独。

不像现在，家人已经消失在道路的尽头，周围熙熙攘攘的人

Be With You

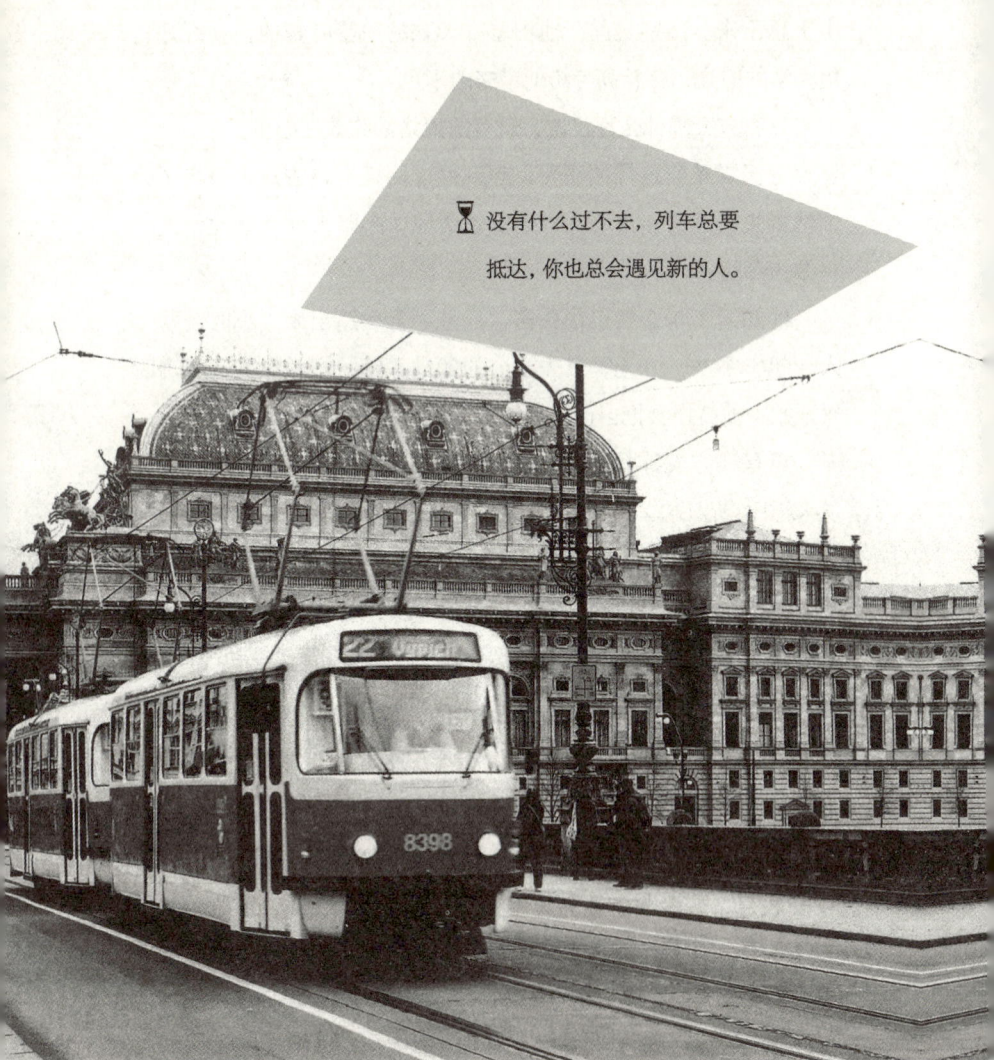

我们最好的十年

没有什么过不去，列车总要抵达，你也总会遇见新的人。

群跟他没有一丝一毫的关系。

热闹是别人的，他就只有他自己。

"方天霖！"远处传来呼喊，这所陌生的学校居然还会有认识自己的人？

"臭小子！"一只篮球砸过来，准确无误地打在他的腿上，"一个假期都联系不到你，到底去哪儿了？"

蒋海啸染了黄色的头发，常年穿着的校服变成了运动潮牌的T恤，个子好像也长高了一点，身体健壮结实，在小麦色皮肤的衬托下，他像极了一个大男孩。

"你也在北传上学？"

"对啊！"他露出一个灿烂的笑脸，"知道跟你一个学校之后就一直联系你，可是你不接电话不回短信，太绝情了。"他作哭泣状，逗得方天霖笑了出来。

"哥们儿，你成绩那么好，偶尔失误一下不算什么的，大不了研究生再去成大，然后读博士、博士后，实在还是不想离开成大的话你就留校当教授，对吧？"蒋海啸把手搭在方天霖肩膀上，搜肠刮肚地想词来安慰他。

方天霖忽然想起高三那场运动会，心里的憋屈勉强疏解了一些。

"我在广告学院，你呢？"两个人并肩穿过校园，蒋海啸还在喋喋不休地找话题，能跟方天霖一个学校，他着实觉得满意。

"我读公共关系。"

"行李放好了吗？要不要帮忙？"蒋海啸比他早来了两天，也摸清了学校的地理形势，"一会儿带你去食堂吃饭。"

"好。"

两个人互相认了宿舍的门，又跟各自的室友打了招呼，再从寝室楼出来的时候，天空开始飘起绵绵细雨。

"天霖，"蒋海啸有点不好意思，难得的扭扭捏捏，"我跟陈莺莺在一起了。"

"好事儿啊！"方天霖双手插在裤子口袋，微微勾起唇角，这大概是他最近听到的最好的消息了。

"可她要出国了。"蒋海啸的脸上露出了难得一见的沮丧神情。

对了，上一世她也因为高考失利选择出国念书了。

"所以说，大学四年我可能都要异地恋了，"蒋海啸最后总结，一副要为陈莺莺守身如玉的样子。

"我陪你啊！"方天霖想都不想便接话。

"你什么意思啊？"蒋海啸的脸刷的一下就红了。

方天霖差点"扑哧"一声笑出来："我能有什么意思，"他耸耸肩，"你不是鼓励我研究生要去成大吗，我得努力学习啊！大学这四年，我决定吃点苦。"活生生地，他把本想交代的跟安晓月的异校恋故事从嘴边咽了下去。

他无法与她如从前般相遇，前方有重重阻力，需要他比蒋海啸更独善其身。

"哦……"蒋海啸擦了下额头滴下的雨水，"天霖，你觉不觉得这雨越下越大了？"他边说边回头，发现方天霖根本一直都在屋檐底下。

"你也不叫我一声！"他用拳头去捶方天霖的肩膀，后者轻松躲开。

"傻！"他在雨中大笑。

"这雨来得真突然，"蒋海啸抱怨，"本来想吃完饭去打篮球。对了，下周一是社团招新的日子，一起去看看？"

"下周一？"方天霖算了一下，"我有事，你报什么就帮我报什么吧！"

"你有什么事啊？"

"那天是成大开学的日子，我要去看……我哥。"

06

东方初泛白，熹微的晨光从窗帘的缝隙间漏进来。

方天霖无法用"新的一天开始了"描述这个睁眼的时刻，因为这并不是未知而充满新意的某一天，也不是遵循从前轨迹的某一天。

而是，从未想过也从不想拥有的某一天。

陌生的床和桌椅，陌生的寝室格局，他适应了片刻才算是平复了略带起床气的颓丧之感。

今天是成大开学的日子，也是曾经他跟安晓月初遇的日子。

现在，他需要起床洗漱，振作起来扮演十七岁的自己，陪哥哥去报到，给重逢制造一个合乎情理的机会。

这倒是不难，比起重新学习、考试等一味地重复"昨天"，他似乎更愿意过这样的一天。

"天霖，"对床的陈浩南昨晚自封了寝室老大，这会儿，他看到方天霖睁眼瞪着天花板，小声问，"一起去吃早饭吗？"

"不了。"方天霖开口，声音听起来郁郁寡欢的，想了想，他又解释了一句，"我今天去找我哥，等会儿随便买点路上吃就行。"他再怎么有情绪，也没理由无端驳了室友的面子。

陈浩南没想那么多，听到他的回话好奇道："听说你跟你哥是双胞胎？我从小就想有个兄弟，有空你带你哥来玩啊！"

还没来得及回，寝室里另一个男生也醒了，"你忘了啊，天霖昨天说他哥是成大的，成大的学生来我们学校干吗？"语气里都是揶揄。

一阵寂然，方天霖翻身蒙上被子，"我再睡一会儿。"

呵，谁说成大的不会来，他不是也来了吗……

等丁丁哐哐的动静消停了，方天霖才从床上起身。

室友都去吃早饭了，他匆匆收拾了一下就出门了，根本不需要任何导航，他对这座城市和学校的熟悉程度比想象中更盛。

在成大西门门口跟方天霁会合以后，方天霖就一直跟在他的身后，走上那条他曾经走过无数次的路。

两个人一前一后地经过未名湖，走到考古文博学院的主楼门口，一个瞬间，方天霖觉得脑子昏昏沉沉的，有些分不清现在究竟是真实的，还是只是一场梦。

他们第一次一同出现在这里的情形还历历在目，那时候他欢天喜地的，为自己终于成为这所学校的一员而感到万分骄傲。

到底为什么硬要把自己置于这么难堪的境地?

他甚至都不用深想就知道，若是一直这样强行代入，自己只会越来越痛苦。

可惜，大概是上一世缺失的感性作祟，心里始终有一个声音在告诉他，无论接下来将会发生多少他不情愿不喜欢做的事，为了守护那个深爱的人，他只能硬着头皮向前。

如果这个时候有人迎面走过来，就会看到这样一幅有意思的画面:

一对双胞胎，他们的长相几乎一模一样，只是走在前面的那个瘦一些，表情淡然一些，走在后面的那个胖一些，面色愁苦一些。

只是在新生云集的校园里，大部分人都沉浸在对未来无限的遐想与希冀中，没人注意到陌生人大过天的烦恼。

"咚"，方天霖忽然撞在哥哥的背上。

"干吗忽然停下?"他不解地问。

方天霁捕捉到他眼底的落寞，"现在去复读，一切都还来得及。"

又让他担心了。

方天霖状似无所谓地伸伸懒腰，眼神却变得坚定起来，"来不及了哥，我只有这一次机会。"

方天霁不知道他口中的机会指的是什么，两个人对视片刻，方天霁还是点了点头，"我尊重你的选择。"

就算再不理解，也不会干涉，这是他作为哥哥所能给予自己弟弟最大的支持了。

"晓月！"身后忽然传来女生的呼喊，方天霖听得出来，是安晓月的室友余姗姗。

闺密间有一个暑假未见，声音里满满都是喜悦。

"你是不是瘦了？"姗姗抱住安晓月的腰，"裙子都松了。"

方天霖闻言回头看去，就见穿着一身白裙的女孩向他们的方向直直跑过来。

往日里安晓月扑到他怀里的情形，一瞬间如潮水一般涌入他的记忆，他甚至差点条件反射一般地伸开双臂。

一辆自行车飞快经过人行道，轧过昨夜的雨留在地上的小水洼，方天霖一个闪身，完完全全地挡住了原本会落在安晓月白鞋和裙摆上的泥渍。

他抹了抹溅在左脸上的泥渍，又低头看了看红色 T 恤和短裤上显眼的一排排泥点，一时间有些狼狈，有些不堪。

然而她目不斜视地从他身边掠过，对周围发生的一切毫无知觉。

擦肩而过的一瞬间，方天霖心下一空。

那种感觉，就像是我拼尽全力排除万难才来到你身边，可你却全然不知道。

上一次之所以会注意到安晓月，也是因为这个小意外。

只不过那时候，她没能躲过去，溅了一身印记，却没有对肇事者发脾气。也是因此，他对她的印象格外深刻。

"这位同学？"安晓月停下脚步，却不是对他说话。

她看着方天霁，"请问，你有兴趣加入话剧社吗？"声音像以前一样清澈。

　　有微风拂过方天霖的脸颊。

　　他看到安晓月细细小小的身影背对着他，面冲着方天霁的方向，双手背在身后。

　　她还是她，而她又好像不是她了。

　　他慌不择路地逃离，躲在路边一棵树的背后。

　　天知道，此刻他比任何时候都想出现在安晓月的面前，他想告诉她，自己才是她未来的伴侣，他们会在一起，会度过很美好的大学时光，会结婚，会……

　　可他绝不能像现在这样出现在安晓月的眼前，他们应该在初见时一见钟情，而不是自己现在这个样子——他低下头，肚子圆滚滚的，甚至都看不到自己的脚尖，裤腿上都是泥渍……这样一副邋遢的模样，还不是成大本校的学生，怎么可能被她喜欢呢。

　　来之前，他想过无数种再次见面的情景，却未料到她眼里只看到了哥哥。

　　"没兴趣。"方天霁有点不耐烦，目光不停地往四处看，是在找方天霖。

　　比高考失败更钝痛的感觉击中心脏。从小到大，自卑这种感觉都离他很远，可是现在却突然爆发在胸腔里，一点点啃噬着自己重生之后所有的优越感。

　　该怎么将已偏离轨道的人生搬回正轨？

　　他觉得自己就像一只丑陋的怪物。

喝了药水，变成了她根本不认识的史瑞克。

上一次，她也是这样问他的，"同学，你有兴趣加入话剧社吗？"

"当然，For you, thousands of times。"他在心里默默回答。

这是她最喜欢的书里的句子，也是他告白时说的话。

只是这回，她询问的对象却变成了方天霁。

是因为那张与自己无比相似的脸吗？

他的思绪忽然被拉回到第一次见面的时候。

那时候，方天霖读大一，安晓月和冯一志读大四，他们分别是话剧社的副社长和社长，而话剧社则是成大赫赫有名的学生社团，三个人的初见面就是在社团的招新宣讲大会上。

方天霖凭借着出色的口才和清晰的逻辑思维，表述了自己对于新一次活动的看法，博得了社团同学的一致认可。

冯一志走过来，轻轻拍了拍方天霖的背，"可以啊，小伙子。"

那时候的方天霖还不知道，这个当时看似无害，实则心计颇深的学长，其实在后来坑了自己一次又一次。

明明方天霁提醒过自己很多次的……

那时候的方天霖也不知道，那个站在讲台上眼睛里都是明媚笑意的安晓月，会走进自己心里，而且再也出不来了。

他喜欢安晓月身上的儒雅，喜欢她长长的头发和爱笑的眼睛，喜欢她说起话来柔和的侧脸，也喜欢她走过时留下的淡淡香味。

例会散了，同学们陆续走出教室，只有几个同学留下来跟学姐学长聊聊天，问问东问问西。方天霖在教室门口等着，迟迟不肯走，却也不敢进去和她攀谈什么。

他就只是徘徊在教室门口。

"副社长，嗯，嗯……"方天霖终于叫住从教室里走出来的安晓月，可他紧张得半天没"嗯"出什么来。

"称学姐就好。"安晓月轻声细语。

哦，原来遇见喜欢的人，是这种感觉啊。

呼吸急促，氧气稀薄，全世界轰鸣，天旋地转。

安晓月看着眼前这个比自己高两头的男孩儿，有着精神利落的短发和乌黑的眉毛，他的睫毛很长，和大大的眼睛搭配起来格外好看。方天霖最好看的当属他的笑容了，他总是爱笑，一笑就露出一排洁白整齐的牙齿。

格外抢眼的还有他一身的红色衣服，据后来的方天霖解释，他认为红色的衣服吉利，于是在这个宣讲大会上，他把和安晓月的初相遇归功于这套红色衣服。所以在以后的很多次很多次重要场合，他都会选择穿着一身红衣服出现，即便是工作以后，也会选择戴一件红色的小小的装饰品在身上。

"怎么了？"比起来方天霖的紧张，安晓月则显得落落大方。

"学姐，我算是，社团的一员了吗？"其实从她刚才的眼神里，方天霖就有了八成的把握。

"当然，"安晓月被他小心翼翼的样子逗笑，"刚才在台上那么自信的人去哪里了？"

方天霖挠挠头，脸颊有点泛红，他当然只是想跟她搭话。

"那么，你就被我们'预定'了，不可以再报名其他剧类社团了哦。"安晓月第一次发现男孩子脸红起来的样子会这么可爱，坦白讲，对于这个单纯又帅气的学弟，第一印象还不错。

说完，她摆了摆手，礼貌地跟他告别。

方天霖像是被她那句"预定"击中一般，明明知道她说的是社团的事，却忍不住激动。他木讷地站在原地，傻呵呵说了声再见，等她走远，才懊恼自己没有认真告别。

记忆中安晓月的样子跟现在的安晓月慢慢重合后又渐渐分开，再度变得模糊。方天霖突然心生感慨，原来这就是最熟悉的陌生人。

失神之间，安晓月已经走远，方天霁也站在了他面前。

"走吧。"

看着哥哥淡定的样子，方天霖就没那么坦然了，"哥，刚刚你们说了什么？"

"没什么，一个邀请而已。"

方天霖的心跳开始加速，"那你答应了吗？"很难讲清楚，那时候他的眼神里到底是希望哥哥答应了安晓月还是不希望。

沉默了大概三秒钟，哥哥开口，"当然没。"

方天霖有说不出的激动，一把抓着哥哥的手臂，"你不想加入话剧社吗？"他承认自己存了私心，对于哥哥加入话剧社有种近乎偏执的渴望，希望哥哥能帮他拿到这个接近安晓月的机会。虽然，如果哥哥回答了"已经答应了她"，方天霖又会是一种新的惆怅和失望。

是啊，对于任何一个接近她的男孩，他都会有这种在意吧。

只是从前，他有的是机会盯住她，而现在，自己却连出现在她面前的勇气都没有。

也真是可笑。

方天霁上上下下打量他一遍，奇怪他的明知故问，"你说呢？"

是了，在过去，方天霁跟弟弟的大学生活有很大的不同，他沉迷于考古和对历史的研究，没有参加任何社团，本科毕业后直接被保研，后来顺利地念到博士。很少参加娱乐活动的他，根本不适合去舞台上扮演角色。

方天霖默不作声。

兄弟俩像什么也没发生一样继续之前一前一后的步调。

如果说这混乱的重生里有什么东西是一定不会变的，那就是因果了。种什么因，便得什么果。

笃定自己会考上成大，让他丧失了本该有的压力，带来高考失利与瘦身失败的结果，继而导致与她错过，要纠正这一切，方天霖看着前方的背影，默默鼓励自己——

先从外形上变回从前再说吧。

07

　　立秋之后，北京的天气并没有立刻凉爽下来，在这种天气军训，寝室里的同学们怨声载道。

　　方天霖正在收拾去军训基地的衣物，蒋海啸熟门熟路地蹿进门。这些天相处下来，他似乎比方天霖跟他的室友还熟悉。

　　"我给你带了晚饭。"蒋海啸把手里的饭盒放在桌上，猝不及防，屁股上就挨了陈浩南一脚。

　　"你怎么不给我带！天霖说他减肥呢！"

　　蒋海啸一拳还回去，没跟他多闹，反倒是有点担心方天霖，"你减什么肥？你是干大事的人，你纠结这些事情干什么？"

　　一句话说完，寝室的几个人都齐齐停下手上的事，被蒋海啸的盲目崇拜震惊了。

　　蒋海啸没觉得哪里不对，他眼里的方天霖头脑聪明，为人仗义，说话做事沉稳妥帖得像个通达谙练的成熟男人，跟高中时以及大学里这些同学都不一样。

方天霖哭笑不得，他放下手里的毛巾，象征性吃了两口饭解释说："我确实需要减肥，对身体好。"

"那也别不吃饭啊，你就趁这次军训的时候减肥吧！"

也对，方天霖暗想，上一次自己被军训折磨的场景还历历在目，这一次有了动力，应该不会那么痛苦。

隔天，新生们被拉到军训基地，大太阳底下所有人的脸上几乎都是视死如归，只有方天霖硬是咬着牙，一次都没有偷懒。

曾经度日如年的时间过得飞快，也有一些时候，他会觉得落寞。比如在每一个天边刚刚开始发白的清晨，或者隐隐亮着灯光的黑夜，他都会想起那些他为了谈下一笔生意而不得不出去应酬的一次又一次饭局。

在那些他不在家的晚上，安晓月也是这样百无聊赖地等待他回家的吧。

想到这些，他就更加努力地把军姿站好。

严酷的训练和有规划的饮食，让方天霖在军训的一个月中有了显著的改变，不只是身体慢慢匀称地瘦了一些，连精神都比从前好。

蒋海啸和陈浩南，包括同寝室的几个哥们儿从最初劝他不要累坏了身子，到现在跟着他一同过起了极度自律的生活。教官知道后都忍不住赞叹，大呼这孩子非同一般。

方天霖一直是一个聪明且有毅力的人，只要他认定了自己的目标，就能拼尽全力朝那个方向奔跑，过程中无论什么都无法干扰他。因此他当得起同学们口中的"学霸",也能在短时间内就在 YC 公司立住脚。

只是感情这回事,还真的不是天道酬勤。

为了再快一点出现在安晓月面前,军训后的他还特地报名了学校门口健身房的健身班。每天都坚持早起晨跑,绕着操场走两圈跑五圈,经常是虚脱在跑道上,需要半个小时才能缓过来。

午餐和晚餐也不再胡吃海塞,主食从三两米饭变成一两,再慢慢过渡到半两,最后用玉米或红薯代替。绝不吃甜,忌掉一切冰淇淋、蛋糕、饮料之类的甜食,也放弃了自己最爱的美式炸鸡和一切跟油炸相关的食物,尽管它们很香很香。水煮的青菜成为最主要的食物,方天霖自律得像是运动员一样。

说不饿都是假的,尤其是以前被撑大了的胃,食量根本不是说小就能小的,身子也不是说瘦就能瘦下来的。只是有时候为了一个人,真的,尤其是为了自己喜欢的人,什么事情都愿意去做。

方天霁每隔一周就会来北传看他一次,几乎每一次见面,方天霖都变得更瘦了一些。对此,方天霁倒是觉得很欣慰。

可方天霖绝没和哥哥说起过自己大半夜饿醒后咬着手臂熬过的艰难日子,也没说起过在体育场游泳游到虚脱,整个人差点溺水死在泳池里。他当然记得每一个咬着枕头套睡觉的日子,也依然记得在食堂,把一共就一口的米饭,不舍得地分成十小份,一口一口用力嚼着,流着热泪吃下的时光。

减肥没有容易的,那些长上的肉,都像回不去的时间一样,很难被抹平。可当你真的心里有一个信念的时候,你会愿意为了这个信念，去变成更好的自己。

安晓月就是这样的一个信念了。

终于，在一个普通到不能再普通的傍晚，他第一次在盥洗室的镜子面前仔细打量了一番自己的模样——嗯，是那个举着刮胡刀被自己帅到的方天霖了。

他利落地从橱柜里拿出书包，说了句"去自习"就出门了。

已经是晚上七点多的时候，与其去自习室想入非非，不如直接去成大，看看安晓月在做什么。

结果好死不死，在校门口竟然遇见了哥哥。

方天霁一个疑惑的眼神丢过来，"来做什么？为什么事先没和我说一声？"

方天霖吓得一个机灵，眼睛转了转，"嗨！你弟常常喜欢给你制造惊喜，你心里还没点数？"

方天霁白了他一眼，朝学校对面的拉面馆走去，"陪我吃点儿。"

方天霖看着哥哥在前面走的背影，心里恨不得骂他两句，天知道他曾经也是最讨厌有人打扰他和安晓月的约会了。

虽然现在的他就算没遇到哥哥，也不一定真的有勇气去见她。

喧闹的路边小馆中，方天霖和方天霁面对面坐着。进的是一家兰州拉面馆，两个人默契地都点了牛肉拉面，只是方天霖会放很多很多的香菜，而哥哥一点不放。除此之外，方天霖还喜欢放

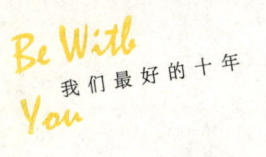

很多辣椒和醋，虽然这总被什么都不加的哥哥嘲讽为"剥夺了食物本身的味道"。

"怎么又瘦了这么多？学习太累了吗？身体还吃得消？"

方天霁看到弟弟每隔一周就几乎"改头换面"一次，对于他这个时间出现在成大的好奇也就都因此被压下了。

"嘿嘿放心吧，我身体底子好，你知道的。"

跟方天霁在一起的时候，方天霖总会有一种自己还是在成大读书的错觉。

两个人聊着最近生活中发生的趣事，可一顿饭的时间，方天霖都有一些心不在焉，面条咬得格外不带劲。

怎么会带劲呢，隔着几乎是跨越整个北京城的距离，他找不到任何可以继续跟安晓月产生的交集，除了自己的哥哥。

方天霖每天都在想啊，如果自己是哥哥就好了，那样的话现在还在成大，还可以光明正大地进入话剧社，接下来就顺其自然是他曾经经历过的人生了——优等生，追到安晓月，毕业后进入 YC 公司一路直闯到总经理的位置上，然后顺理成章地与安晓月结婚、生子。

等等，如果自己是哥哥？

眼下，方天霁正说到自己刚刚在博物馆看到过的一个青花瓷瓶，方天霖目光灼灼地看向他。是啊，自己现在已经瘦了下来，从外表看，简直跟哥哥一模一样。

方天霖按照这样的思路想，那么只要是能拿到他的学生证，自己就可以假扮成哥哥加入话剧社了！

想到这儿，方天霖开始激动起来，又紧张又兴奋，几乎到了坐立难安的程度。

好不容易趁着方天霁去结账的工夫，方天霖左右环顾，见没什么人注意到他，于是蹑手蹑脚地坐到了哥哥的位置上，从他的包里摸索着掏出学生证。

红底金字，学生证正是他曾经最熟悉的样子。

他心中升起来的那一丝丝酸涩感很快就被喜悦所覆盖，拿到这个，就意味着他有机会正大光明地经常见到安晓月了。

改头换面，金蝉脱壳，不能再高明了！

可是转念一想，冒充哥哥去报名这件事，真的好吗？

犹豫之间，方天霖望向结账处，方天霁已经开始把找回的钱放到钱包里了。方天霖来不及再思考了，他迅速地把学生证塞到自己的裤子口袋中，在方天霁回来以前，坐回了自己的座位上。

"怦怦怦"，心脏直跳。

这大概是方天霖两次人生加起来做得最出格的一件事了，他愧疚地看着背起包全然无察觉的方天霁，不知道要不要和他坦白解释。

跟在哥哥身后的方天霖单手插在裤兜里，捏了捏里面的学生证。

思忖再三，还是留在了自己的裤兜中。

当天夜里，方天霖辗转反侧。

他脑海里似乎有一个小天使和一个小恶魔在打架。

小天使劝他把学生证还给哥哥，这样冒名顶替哥哥本就不对，何况还可能会影响哥哥的课业和日常生活。小恶魔则反复强调这点小事根本就没什么，哥哥有学生卡，可以吃饭可以刷门禁，完全不受影响，况且这是他现在接近安晓月的唯一机会了，日后哥哥也一定会理解并支持的。

两种声音在脑海中不停叫嚣，方天霖根本就无法做出决定。

他不想做出让方天霁生气的事情，可是一想到如果自己去报名参加话剧社的话，那接下来的人生就很容易顺理成章了。然后，他就开始不可抑制地脑补自己跟安晓月见面的场景，是该伸出一只手来说"好久不见"，还是应该阳光帅气地直接说"抱歉让你久等了"呢?

在小恶魔占领绝对高地的时候，他昏昏沉沉地睡了过去。

第二天醒过来的时候，方天霖揉了揉隐隐作痛的太阳穴，看向窗外。

秋高气爽，天气很好。

室友们都不在寝室，大概是都去上课了。

因为寝室里的人选了不同的课，所以大家上课的时间都不太一致。比如今天，方天霖一整天都没课。

他从床上爬下来，动作利索地洗漱完毕，从一堆衣服里换上方母最近给他新买的一件红色外套，鬼使神差地就出了门。

既然没课，不如就去成大溜一圈吧。虽然现在他还没有决定到底要不要去话剧社报名，但是他想离安晓月近一点。就算最后决定不去报名，也当是去看看哥哥好了。

大概那个时候连他自己都不知道，即便还没有做出选择，但是从心理上，他已经偏向冒充方天霁参加话剧社了。

Be With
You
我们最好的十年

不然的话，他怎么会在出门时选择跟当初初见时一样的红色衣服呢？他无非是想向之前的初相遇靠拢罢了。

从北传开往成大的地铁需要坐五站地，然后倒一次车，再坐八站地。算上中转和步行时间，如果抓点紧，总共大约耗时一小时。

这一小时的时间可以做什么呢？可以开两个中层的例会，可以带小恺去欢乐谷玩一个项目，可以陪安晓月逛一次商场。当然，他也可以什么都不做，就在家左手搂着方小恺，右手抱着安晓月，在 king size 的床上小睡片刻。

而现在呢？

这一小时，只能用来解决地理距离，还是在快马加鞭的前提下。

一路上地铁里人挤人，方天霖只觉得本就混乱的内心更加乱得像一团麻，他完全没办法好好思考。

就这样焦躁着到了成大，他依然在犹豫——

如果今天自己报上名，那哥哥迟早会知道。可如果提前告诉哥哥，又很可能像上次一样，惹得他生气不说，报名的事情也会不了了之。

正纠结着，突然过来一个人，拍了一下他的肩膀："老远就看到你在这儿转悠，不是说去图书馆吗？"

反应了几秒钟才明白过来，这位同学该是把自己认成方天霁了，方天霖"啊"了一声，彻底反应过来之后，清了清嗓子说道："马上就去，你也要去图书馆吗？"

"是啊，要一起过去吗？"那人往四周看了一圈，"你在这儿转悠什么呢？"

连声音都没露出破绽……

"我还得等人来取个东西，你先过去吧，我一会儿就过去。"方天霖模仿着哥哥的大气和成熟，匆匆把人支走，望着那人渐渐走远的身影，松了一口气。

看来不管是从外貌还是从声音，外人都很难分辨出自己跟哥哥的差别了。方天霖这么想着，心中的小恶魔几乎已经开始摇旗呐喊了。

"嗯，对不起了哥！若要论资论辈，其实我比你活得年头还要久！"

方天霖闭着眼，默默念着。

08

　　走在校园里，三五成群的同学跟他擦肩而过，他们聊着诸如"APEC""托福""高数"一类的话题，让方天霖觉得一如从前一样美好。

　　这个世界上，每一分每一秒都有人在为了自己的理想不断奋斗着，这，就是这个校园一直以来带给他的鼓舞。

　　他微微弯起唇角，拐了个弯，走向安晓月习惯待着的画室。

　　飞蛾扑向白炽灯，在灯罩里扑腾了几下翅膀便没了动静，尽管教室里根本没人会注意到这个细节。大四这一年，准备考研的学生钻进书本里，准备实习的学生到处投简历，只有安晓月依然安安静静坐在画板前，调色盘里是五彩斑斓的颜色，画布上是打好草稿的热气球。

　　她想在出国读研之前，跟几个关系要好的朋友去土耳其旅行，只是遗憾的是，大家的时间很难凑到一起。

"方天霁！"安晓月的室友余姗姗第一个发现他，叫出口却是哥哥的名字。

"晓月晓月，那个被你'预定'的学弟来啦，应该是来找你的吧。"话语间都是调笑。

方天霖的心跳忽然加速，为她忽然转过来的视线，更为那句"预定"。

所以说……那些上一世从你嘴里说出的、轻易拨动我心弦的词，这一生，你也都已经对别人说过了吗？

何况这个"别人"，还是我的亲哥哥？

百种感觉涌上心头，方天霖站在原地，手都不知该放在哪里。

"方天霁，你考虑好了吗？"安晓月步履轻快地走过来，她今天穿着简单的白T恤和牛仔裤，膝盖处还沾上了颜料。

方天霖很想刮一下她的鼻子笑她不拘小节，却怕吓到她。

况且，眼下连她在问什么，他都听不懂……

"话剧社真的很有意思，"她笑容明朗，那双眼睛却分明透过自己望向了"别人"。

"上次你不是答应我会考虑一下吗？我还说让你在考虑好之前先不要加入其他社团啊！"她伸手把耳边垂落的一缕头发别回去，看上去似乎有点不好意思，"我还说你被'预定'了，你居然忘记了？"

"没忘。"那是属于他们两个人的开始，那是回忆里最初的甜，他怎么会忘，又怎么敢忘。

"那你是来答复的咯？"她的眼睛弯成月牙形。

"嗯，学姐，我报名。"他怎么可能拒绝她。

"太好啦！那你先填个信息表，我去拿别的资料给你。"安晓月开心地折回教室，小跑着从书包里拿出一张手绘的海报，"给你，上面有招新会的时间和地点，到时简单地跟大家交流一下就好，我看好你哦！"

趁着他填信息，安晓月悄无声息地冲站在不远处的冯一志比出一个"耶"的手势，冯一志从上到下地打量了他一番，不知为何，目光中隐隐地透出一丝敌意。

对于安晓月的欣喜，方天霖恍然未觉。落笔的那一瞬间，他看着白纸黑字，脑海中冒出"落笔无悔"四个大字。

从今天开始，只要在安晓月面前，他就叫方天霁了。

这个念头还未消失，他就听见安晓月喃喃道："方天霁。"

抬起头，看到安晓月冲着他微微一笑，"名字真好听。"说着，她伸过来一只手，笑着说道："话剧社欢迎你的加入。"

她落落大方的样子让方天霖一时之间有些恍惚，一个愣神的工夫，安晓月又冲他歪头笑了笑。

他急忙伸出一只手，郑重其事地说道："今天我为话剧社骄傲，明天话剧社将为我自豪！"

安晓月"扑哧"一下笑出声，低头使劲抿了抿嘴唇，抬起头来的时候，眼睛里还带着些笑意。

意识到被方天霖握着的手有点发木，她咬着唇看了看手的方向，有意无意地在轻轻挣脱。方天霖也随即意识到好像是握的时间有些长了，于是不好意思地松开了手。

尽管他一点也不想。

那只曾经握过无数次的手，在这一刻竟然如此温热。

"晓月，去加个餐吗？我想吃点辣的。"教室里几个女生看向他们。

"好。"她叮嘱方天霖，"记得要来哦，回见！"

"嗯，回见。"

不知道在走廊的拐角处站了多久，教室里的学生陆陆续续走光了。

灯一关，飞蛾又发出声响，去寻找下一处光源了。

漫天繁星闪烁，像是在隔着几亿光年与他做无声的对峙，而那个二十七岁的自己，也在跟十七岁的自己对峙。

方天霖的心里渐渐有了一个清晰的计划，他要让误会延续下去，要以哥哥的身份加入话剧社。

是他自己考砸了，没能把握住出现在安晓月面前最好的机会，他必须让这个错误在更离谱之前，先被掐断在萌芽阶段。

他有把握重新得到她的心。

回到寝室的时候已经是深夜了，寝室里的人有在玩游戏的，有在打牌的。蒋海啸依然混迹在他们宿舍，见方天霖进来，他从牌桌上抬起头，"天霖回来了，要来一起玩吗？"

筋疲力尽的方天霖把包搁下，顺嘴问道："玩的什么啊？"

"UNO，超刺激，过来过来，人越多越乱越好玩！"

打着手电筒的陈浩南踢了一脚蒋海啸的屁股，"小声点儿！别把宿管招来！"

方天霖疲惫地坐到空着的椅子上，在蒋海啸滔滔不绝的讲解下不得不拿起牌，逼自己融入进这次人生的大学生活中。

那句话是怎么说的来着，每个人身边的位置都是有限的，有人要进来，就得有人先离开。这句话刹那间出现在方天霖的脑海中，对于现在的他而言，冯一志就是那个离开的人，而蒋海啸就是那个走进来的人。

方天霖甚至都能脑补出两个人一进一出擦肩而过的样子，他摇了摇头，把这些思绪赶出自己的脑海。

明天开始，生活将会是完全不同的样子了。

还是那家拉面馆，还是兄弟两个人。

方天霖刚刚坐下，目光就被餐厅电视里正在播的电视剧给吸引了。电视剧恰巧在讲一对双胞胎兄弟互换身份替考的剧情。

"这不是开玩笑嘛。"看了一会儿之后，方天霁气定神闲地看着液晶显示屏，冲方天霖挑了挑眉，"哥哥和弟弟共用一个身份，不一眼就能看出来吗？"

方天霖紧张地吞了一口口水，岔开话题说："我都饿了！怎么菜还没上来！点了鱼香肉丝了吗！"

方天霁瞥了一眼弟弟："又抽风了？这是拉面馆，哪来的鱼香肉丝？"

对哦……

从进入餐厅的那一刻起，方天霖就盼着哥哥去洗手间，因为这时候他就可以把哥哥的学生证原路放回背包里了。反正看目前哥哥的样子，他还没发现，等还回去学生证，这一切就真的是神不知鬼不觉了。

可整整一顿饭的时间过去，方天霁都没去一次洗手间。

方天霖捏了捏裤兜里的学生证，招手喊着服务员："帮忙再倒两杯水！"

方天霁却回过头，气定神闲对服务员说："给他加一杯就可以了，谢谢。"

"哥你不喝水了啊？"方天霖皱着眉问，看哥哥没抬头，继续招手喊服务员："给他的牛肉面再加一碗浓汤！面都快干了。"

只见方天霁又回头跟服务员说："不用麻烦了，我吃饱了，谢谢。"

方天霖这下不耐烦了，哥哥真的是一个难搞的家伙，怪不得从小到现在都没谈过恋爱，活该单身！

怕表情出卖自己，方天霖赶快舒展开来紧缩的眉头，抬头瞥了一眼方天霁，继续说："哥，我没带钱，这顿饭还是由你来请吧，你快去吧台结账吧！"

方天霁奇怪地看了他一眼，从包里掏出一张一百块钱的纸币，"你去结吧，剩下的钱给你当零花用。"

…………

"人太多了，再坐一会儿吧。"无可奈何的方天霖闷着嗓子说。

他们继续有一搭没一搭地闲聊着，这时候方天霁突然提起来："最近在杂志上看到一个报道，说有个考生在考试时借口肚子疼要去厕所，走出了考场，结果扭头就去了另外一个考场，假装自己是监考老师，巡视一圈，看到了自己想看的答案，又像大尾巴狼一样回了自己考场。你说这搞笑吗？"

"啊？哈哈。"方天霖皮笑肉不笑。

"装起监考老师来了，这是人品有问题！"

"啊？哈哈。"方天霖继续皮笑肉不笑，反应过来自己这样有点反常，赶紧解释道："说不定人家也有难言之隐呢！比如这

次考试对他来说真的很重要，那不得已之下，也都可以原谅嘛是不是……"方天霖模仿着自己的处境，似乎很有同理心地试探着哥哥，企图得到哥哥的认可。

"胡说！"方天霁斩钉截铁，吓得弟弟一个哆嗦，他接着说："有难言之隐可以说出来，大家一起帮他解决，一起想办法，获得谅解。假扮别人这种事，是道德有问题！"

"哥！"方天霖突然打断他，也不知道为什么，今天聊起来的所有话题都像是意有所指。他终于忍受不住内心的煎熬，决定要把事实全都说出来："对不起哥，我错了还不行吗！"

"嗯?"方天霁气定神闲。

"我,我,我……"方天霖像憋着上厕所一样,满脸通红,"我不该又让你请客啊哥哥。"说着,假装大哭起来的样子趴在桌子上,一只眼睛还不断瞥着哥哥,看看他到底什么反应。

方天霁晃了晃手里的水杯,"再给你一次机会。"

得了,不管哥哥是早就知道了学生证被偷,还是察觉到了自己有哪里不对,总归他是不肯相信买单的这个理由。毕竟,这么多年的默契不是白来的。

"是,我偷了你的学生证,冒用你的身份参加了话剧社。可是……可是我真的必须要加入话剧社!"

终于把真相说了出来,方天霖松了一口气。

方天霁把手中的茶杯往桌上一放,不小心溅出来几滴,"我还低估了你了,以为你只是拿着我的学生证去复刻,方便以后进出学校。没想到,你这是把我人格分裂,克隆了一个我出来给你用。"

方天霁说这话的时候,没有那么生气,可是也能感到他的不悦。毕竟弟弟干这种事情也不是第一次了——

从小他就会闯了祸谎称自己是哥哥,结果老师把妈妈叫来学校,对比着优秀乖巧的弟弟一顿批评哥哥。妈妈把哥哥打两顿的事情也不是没有发生过,毕竟弟弟出了事,也总是会说刚刚犯错的是哥哥。

还记得八岁那年,弟弟闯了祸,从阳台往楼下卖蔬果的摊子上倒水,搞得老板上门来告状。妈妈把兄弟俩叫到一起,要查明是谁做的这件坏事,哥哥正在犹豫的时候,弟弟却毫不犹豫地挺身而出——说是哥哥干的。

于是哥哥被妈妈拉到床上，重重打了一下屁股。

妈妈接着问哥哥，为什么要这么做。

哥哥回答妈妈，他没有这样做。

妈妈又是一巴掌打在屁股上，边打边说："让你不承认！"

哥哥一边被打，一边说着自己没有就是没有，直到妈妈打到第四下，实在太疼了，哥哥才服软说自己一时淘气，下次再也不敢了。

于是妈妈打了最后一下，说前面的是打撒谎，最后的是打干坏事。

············

偷走学生证冒名参加话剧社的事情，在方天霖半是撒娇半是央求的努力解释下，总算是混过去了。木已成舟，方天霁也只好睁一只眼闭一只眼，警告弟弟尽快收手，并且一定不要做出格的事。

方天霖长舒一口气，觉得这次的难关总算是顺利渡过了。

可他转念一想，好像这一次的人生真的像是西天取经，打过了这一关，还有下一关。这漫漫长路啊，什么时候才是个头呢。

"唉。"他低下了头。

09

雨季过去了，新生们适应了大学生活，一切开始步入正轨。这其中，也包括忽然没有早恋禁制后跃跃欲试的恋爱新手们。

陈浩南抱着一把二手吉他，搬了一张凳子坐在寝室正中间，大清早就扯着嗓子翻来覆去地练习周杰伦的新歌——

我懂了 不说了 爱淡了 梦远了
开心与不开心一一细数着你再不舍
那些爱过的感觉都太深刻 我都还记得
你不等了 说好的 幸福呢
我错了 泪干了 放手了 后悔了
只是回忆的音乐盒还旋转着 要怎么停呢

方天霖总共也没睡着几个小时，又被歌词刺激到了，烦不胜烦地砸过去一个枕头，"你不是要去告白吗？这歌适合吗！"

陈浩南闻言放下吉他，凑到方天霖脑袋边，"哎，哥们儿有好的推荐吗？我就是觉得这个旋律特好听！"说完又自顾自摇头，"不对啊，你能有什么好的推荐，蒋海啸说你也没有谈过恋爱！"

"你才没有谈过恋爱！老子儿子都会啃钢铁侠的头了！"方天霖小声嘟囔着。

陈浩南眯着右眼，把头偏向左侧，疑惑地问："你说钢铁侠的儿子怎么了？"

…………

眼看着陈浩南又要开始拨弄琴弦，方天霖一鼓作气爬起来，"不就是告白嘛！我给你想招儿！"

"真的啊？你会啊？"话题被挑起来，寝室其他两个男生也加入进来。

江川扶了扶厚厚的镜片，一个轻声的"欸"之后，用极其神秘的八卦语气接着说："学校论坛你们看了吗？有学长在毕业典礼上求婚的图片，摆了一地蜡烛和花瓣。"

"太浮夸了吧，不是每个女生都喜欢成为焦点吧？"邵伯纶从蚊帐里探出头，小眼睛迷迷糊糊还没睡醒。

没错，上次就是他说的"成大的学生来我们学校干吗"，方天霖看了他一眼，的确是个很爱"站在别人角度想问题"的人呢。

"伯纶倒是提醒了我，"方天霖费劲地回忆了一下陈浩南打算告白的对象，貌似是一个花枝招展的女生，"你要先了解潜在客户的特质，才能做到投其所好，并且要在不知不觉中成为无可替代的乙方。"

方天霖从前很少琢磨感情的事，如果说两人之间的距离是一百步，那九十九步大概都是安晓月朝他走过来的，他只需要向前一步，张开怀抱等她。

而现在不同，他睡前苦思冥想，如今自己的优势不就是了解她吗，那么只有通过投其所好，才能重新回到她心里那个位置上去。

寝室三个人都静下来，陈浩南一字一句地开口："说……人……话……"

方天霖清了清嗓子，"我的意思就是，你得先了解那个女生的性格和喜好，去找她身边的人打听一下，然后再决定以什么方式告白，唱谁的歌！"

"哦哦哦，懂了懂了懂了，"陈浩南立马点头，"但是要打听什么？"

方天霖恨不得打一下陈浩南的笨脑袋，"有什么算什么，有些信息看着无效，但是能分析出不少内容，管它是星座血型还是喜欢的明星！"

"天霖，你还信星座？"江川又扶了扶镜片，"不瞒你说，我对星座也有所研究。"

方天霖才不相信天上的星星能知道地上几十亿人都是什么性格，"我是说！去了解你的客户！她信就好！"

跟一群恋爱新手生活在一个屋檐下，这都是什么事儿啊……

他重新躺回床上，却发现没了枕头，"陈浩南，我的枕头。"

"欸！"对方殷勤地给他递过来，丝毫不记得先前是谁在嘲讽方天霖没谈过恋爱。

或许这样也不错，方天霖把胳膊搭在额头上想，参与到现实生活中的事里，能帮他疏解很多郁闷，也能帮他想通一些症结。

从前他总觉得无效的人际关系太浪费时间，都快忘记了心无杂念地交朋友是一件多么惬意的事。

比陈浩南告白的日子更早来到的，是参加成大话剧社招新的约定日期。

方天霖一下课就往成大跑，紧赶慢赶才算是没有迟到。

他在楼道里喘息，好不容易恢复了正常心跳才推开活动室的门，下一刻，就又因为安晓月亭亭的身姿怦然起来。好像无论是婚前婚后，抑或是有了小恺，他对她的心动从未减少。

自我介绍的环节很简单，老社员们也只是针对一些经典话剧跟新生交流了看法，方天霖毫无意外地成了他们的一员。尽管他不得不在登记表上的姓名那一栏写下"方天霁"。

"接下来就请大家一起加油了！有什么问题都可以找我和副社长。"冯一志言笑晏晏，把手搭在安晓月的肩膀上，俨然一副情侣模样。

真幼稚，方天霖腹诽，他明显察觉到她僵硬了一下，随后不动声色地躲开了。

上一世即便在方天霖没有察觉的情况下，冯一志也不是他的对手，这一世尽管他依然占着近水楼台的好位置，却还是只能望洋兴叹。

他还构不成方天霖的苦恼，让他踌躇的，是一无所知的方天霁。

见面会结束的时候，窗外已晚霞满天。

方天霖鼓起勇气约了安晓月一起吃饭。

从前她陪他吃过很多次路边小店、夜市烧烤，后来他也带她吃过无数次知名酒店、星级餐厅，他深知她身上有着年轻女孩可爱而不虚荣的特质，又有着成熟女人优雅又斯文得体的魅力。

而她最喜欢的，是康博思食堂的鸡腿饭。脆脆的鸡腿刚出锅，淋上独家秘制番茄酱，她能满足得像是偷到了鱼的猫，如果有尾巴，他不怀疑她会晃起来。

方天霖迫不及待想看到那个笑容，那种复制粘贴给方小恺的，他想念了太久的笑容。

"这个给你！"他飞跑去路边摊买了手抓饼，里面加了鸡蛋火腿和烧烤酱，"等下我去排队买鸡腿饭会比较久，你一边吃一边等我吧，别饿着！"

安晓月眼睛放着光，"你怎么知……""道"字还没说出来她就止住了，他不可能知道自己最喜欢的搭配，大概是共同的喜好。安晓月由衷觉得开心，是那种碰到了空前一致的默契般的开心。

方天霖忍住了想伸手揉乱她头发的冲动，只给了她一个大大的笑脸便去排队了，却不知这位温温柔柔的学姐心跳漏了一拍，更没看到她看着他的背影红了脸颊的可爱模样。

这是重生以后方天霖过得最舒畅的一天了，无论他曾经在雨中是怎么奔跑和嘶喊到脱力的，为了这一刻，那些隐忍都变得值得。

"哥，你知道你们学校的鸡腿饭有多好吃吗！你一定要去试一试！"

晚上十点，方天霖舒舒服服地躺在自己寝室里，得意洋洋地给方天霁发短信。

"你，明天来一趟，跟我聊一下。"方天霁回复弟弟。

如果只是吃饭看书听讲座，他非常赞成方天霖来学校，只是用他的身份来成大混吃混喝混朋友这件事简直就是欺骗同学，为了别让这个麻烦精捅出什么大娄子，他还是需要好好跟他聊一聊。

"行……那我要吃学五的宫保鸡丁，你请……"方天霖隐约猜到自己不小心说漏嘴的"鸡腿饭"一定又让哥哥起疑心了，不用说都知道哥哥又要跟自己唠叨些什么。

"可以。"

"别在树下徘徊，别在雨中沉思，别在黑暗中落泪。向前看，不要回头，只要你勇于面对抬起头来，就会发现，此刻的阴霾不过是短暂的雨季。向前看，还有一片明亮的天，不会使人感到彷徨。凡是过往，皆为序曲。"

Be With You

我们最好的十年

You

“凡是过往，皆为序曲……”

“凡是过往，皆为序曲……”

“凡是过往，皆为序曲……”

“方天霁，该你接词啦！”

“啊？”他的思绪被打断，一时间窗外刺眼的光照得他恍了神。

这是莎士比亚《暴风雨》中的一段话，这出戏讲一个哥哥被弟弟篡位，最终还是选择宽恕的皆大欢喜的故事。今天他们几个新生来试戏，安晓月不在，他有点无法集中精神。

"要不还是换一出吧？"几个同学讨论着剧情。

会被宽恕吗？如果被人顶替的话，会原谅那个抢了自己部分人生的自私鬼吗？

方天霖心里忐忑难安，等下见面的时候，得好好跟方天霁解释一下。可是要怎么说呢，明明没有饭卡，如果不是拿着学生证骗取同学信任后借了卡刷，还会有什么可能吃到只能刷学生卡才可以买的"鸡腿饭"呢？

想到这儿，方天霖真懊悔当初嘴欠跟哥哥分享这"该死的"鸡腿饭有多好吃。

"不喜欢这个角色？"安晓月人未到声先到，空气里都是她带来的淡淡的果香。

方天霖的眼神终于有了光。

她握着一罐桃子汽水，瓶身上都是水珠，"我在门口看了一会儿了，你如果不喜欢可以换个别的角色找找感觉，要不要试试《牛虻》？本来我们找你也是想让你演那部剧，只不过，那部剧的难度对你而言可能也不小。"

"我倒是从不怕挑战，"方天霖从善如流，"关于角色，我还想跟副社长聊几句。我们旁边说话？"

安晓月不明所以地跟着他走到活动室的角落。

方天霖轻巧地挪了下两人的位置，变成了她站在内侧的幕布旁边，他高高的身子完全遮住她，没人能看见。

"谢谢学姐的饮料，"他戏谑地从她手里抢过冰镇的饮料，"刚好渴了。"

算算日子，这姑娘明明就到了生理期，居然还喝冰饮！要不是碍于眼下关系不到位，他都要敲她的脑袋了。

"咕咚咕咚"几口喝下去，方天霖的喉结也随之上下晃动。

她看得有些出神了，直到与他眼神对上。

"喂，我已经喝了一口……"气氛变得有些暧昧，安晓月被他圈在角落，心里局促地想，他该不会经常这样追女孩子吧？明明认识的时间不长，为什么总是给她一种很亲密的感觉？

"去试戏吧！"她低下头落荒而逃。

正要重新开始排练的同学们，忽然被一阵摔东西的声音打断了，"我是来参加社团的！不是帮你每天跑腿打饭拿快递的！"

地上倒扣着一个饭盒，米饭撒了一地，活动室霎时间充斥着饭的香味。

"捡起来。"冯一志脸色阴暗，口吻强硬，"这是公共场合，你跟我有什么都可以单独说，但是你这种低劣的行为影响其他人了。"

冯一志平时在社团很有威信，此话一出，有几个同学陆续上去劝摔饭盒的男生收拾一下残局。

方天霖拉着安晓月站在一边围观，心想他虽然不应该随意使唤别人，可是这句话却没说错。

"你拉着我干吗？我得去劝一下。"她费解地看着他。

"社长能处理好。"他主要是担心等下万一战火被挑起来波及到她。

不出所料，男生并没有偃旗息鼓的意思。

"我低劣？你不低劣？你拿我当跑腿的用！给你打杂就算了，还要替你给别的女生占座打水！你懂不懂得尊重人！"

冯一志心虚地瞥了一眼安晓月，看到方天霖拉着她的胳膊，更加恼羞成怒，"你这种人，毫不懂人情世故，进入社会就是只有被碾压和淘汰的份，我这是在教你做人！"

呵，方天霖差点笑出声，他欺负人也就算了，还要顺便给人洗脑吗？

男生怒火中烧，眼看着就要冲上去动手了，安晓月快走两步想要上前调停。

"傻姑娘。"方天霖低叹一声就也快步跟着上前去了。

挡在她前面，方天霖不得不出言相劝，"兄弟，你说得对，什么人情世故，都是要建立在尊重上的。但是你别冲动，就算要退团也好聚好散，咱们其他社友也没得罪你不是？闹那么难堪不至于，我跟你一起把这里收拾了吧？"

男生虽然硬气，但是心里还有一点惧怕冯一志，见方天霖主动帮他找了个台阶，话也在理，便也不想撕破脸了。

方天霖刚要动手收拾，哪知道冯一志不依不饶："尊重也要看你值不值得被尊重，你是新人，如果不懂规矩就寸步难行，校园跟社会是一样的，我让你给我帮忙，我也给了你不少好处吧？"

男生听到顿时又青筋暴起，"好处？你有脸说？给你买饭的时候你不要的多余的几块零钱？还是那些你不想要的几张破活动的门票？"

冯一志脸上一阵红一阵白，"你就说你连买饭和拿快递这点事都做不好，你以后还能做什么吧？"

这是已经开始强词夺理了。

"别说了，"方天霖沉声，身上释放的威严莫名震慑到了冯一志，"用别人的错来证明自己的对，社长怎么想的？他摔饭盒是错，却跟他个人能力没关系，人情世故要这样言传身教的话，那社长身上的责任就太重了。"

"你……"冯一志被他堵得一句话都说不出来，想到刚才他跟安晓月亲近的画面，恨得咬牙切齿，"方天霁是吧？好样的，我记住你了。"

活动室气氛降至冰点，同学们都大气不敢出。

"晓月，"冯一志突然把女生拉进战火中来，"你说，这样以下犯上的社员是不是可以离开了？"

换作以前，方天霖几乎想都不用想，安晓月必然是站在他这边的，可是现在他不敢确定了。她跟冯一志认识时间更久，再加上冯一志是整个社团的社长，如果碍于情面，让方天霖这种"无关紧要"的人退团，也是说得通的。

不过这样一来，方天霖就再也没有这样的机会接近她了。

半天等不到安晓月的回话，方天霖回头去看。

他这一世大多数时候是沉稳而从容的，偏偏面对着她，那所有的二十七岁带给他的坚强躯壳都不攻自溃。

安晓月脸色苍白，捂着肚子缓缓蹲了下去。

在所有人都没有反应过来的时候，方天霖已经冲过去将她抱起，跑向了医务室的方向。

10

"给你，热水袋装好了，"方天霖看着缩成一团想要藏起来的安晓月，"喂，干吗把自己闷在被子里，出来喝红糖水。"

"我不。"她在被子里喊，声音听上去却毫无气势。

"听话。"他像从前一样哄她，音色温柔如水。

安晓月觉得自己这辈子没有这么丢脸过，作为话剧社的副社长，在需要她主持公道的时候突然生理痛，还被小学弟一路抱来校医室，说出去大概会被寝室的几个姐妹嘲笑一整年吧！

"谁让你送我来校医室，我只是……没必要……"大抵被人宠着的时候，女生都会比平时更娇气，她不满地噘着嘴，眼睛里不无控诉。

"好了，先喝水，该凉了。"方天霖继续哄她。

安晓月接过水杯，劫后余生般嘟囔："幸亏刚才没有喝冷饮！我都忘记了是今天……"说完，面颊又红了几分，"总之，还是谢谢你……"

"不谢，不过，有一个小要求，副社长能满足我吗？"方天霖蹲在病床前，仰头看着她。

"什么？"安晓月听见震耳欲聋的心跳声，说不清是他们俩谁的。

或许都有。

"保护我啊，"他笑起来，一瞬间像是让校医室多了一片阳光，"我不想退团啊，副社长是不是得保住我这个被你'预定'好的未来男主？"

"嗯……"安晓月的声音小到几乎听不见。

从校医室出来的时候，已经是傍晚时分了，偏偏又遇上一场蒙蒙细雨。

"天气预报明明说今天一整天都是晴的。"安晓月最讨厌下雨了，小脸皱成一团，让方天霖想起方小恺那个小活宝。

他却对这场雨的到来十分满意，上次错失了送她回寝室的机会，这次自然不能放过。

"我送你回去。"

安晓月看了他一眼，不知道是该说好，还是不好。她习惯性地拒绝了方天霖的好意，说了声"没事，不用了"。其实也不是真的没事，更不是真的想不用了，她的小腹还隐隐作痛。只是这么多年习惯了一个人，安晓月比较独立了。

听到安晓月这样的回答，方天霖赶紧补了一句："刚好顺道。"

两个人都没带伞，还好雨不算大，方天霖脱下身上的衬衣外套，把它撑起来，举在两个人的头顶之上。

衬衣不大，他尽力都撑在她的头顶上。安晓月觉得抱歉，不得不离他近一点。不经意间，两个人的触碰便多了，每一次碰触都像是滴落在屋顶的雨一样，一下一下撞击着他们年少的心。

走着走着，方天霖突然觉得脚下一空，他踏进了水中。方天霖条件反射一般抬手拦了拦安晓月，"有水洼，稍微等一下。"

厚重的积雨云让天看起来十分混沌，看不清水洼的大小，方天霖打开手机的手电筒一照，这才发现这一段路从左到右全都凹陷进去，积满了水。

如果要走过去，一定会沾湿鞋子，安晓月有轻微的洁癖方天霖是知道的，加上她还在生理期，方天霖毫不犹豫地把手里的衬衣递给安晓月，往下一蹲，拍了拍自己的肩膀，扭头向安晓月露出一个笑容，"水有点深，你踩过去的话鞋子就全湿了，来，我背你过去。"

安晓月望了望水洼，目光落在方天霖已经被淋透的左肩，一时之间有些感动。

她抿唇，"没事没事，不用了。"

看着她傻傻抗拒的样子，方天霖心里的保护欲就更强了，"快点上来，不然我就一直在这儿蹲着，路过的人会以为我神经病吧？"

安晓月笑了，她眼睛转了转，就跳到了方天霖的背上。

黑漆漆的小道上，方天霖一步一步，稳稳地背着安晓月，他甚至止不住地想让这段路长一点，再长一点。

这是阔别已久的、属于他们的独处时光。

她把衬衣披在头上，水滴从衬衣遮不到的地方落下，和着击打地面的声音，淅沥沥，安静又动听。

他卷起来的裤腿也已经湿透了，鞋子早就脏得不像样子，安晓月看在眼里，心软到无以复加。

到达她寝室楼下的时候，距离末班地铁的时间只剩下十多分钟了。

"今天真的谢谢你，"安晓月听见自己的声音里都带着甜，"我一定，会'保护'你的。"

"嗯，哈哈！"不能吻别的心塞被她的保证冲淡了一点，方天霖抬手看了眼时间，"我得赶紧回去了。"说着，就要往雨里冲。

安晓月眼疾手快地拉住他的手腕，"这个衬衣……"愣了几秒，接着说："回去记得洗一下再晾。"

说完，就头也不回地冲进寝室楼里。

她拐了个弯就上了楼梯，隔着一道雨帘，方天霖抬手捂了捂心脏，自言自语道——

"她犹豫的，没说的，是要帮我洗一下吗？"

隔天。

学五食堂的宫保鸡丁一如既往地好吃。

方天霁从书包里拿出一红一黑的伞，"黑的，是你上次给我的，红的，是我同学给我的，说是我借给他的。"

"哦……"方天霖想着接下来要被哥哥批评了就头大，"哥你也别太敏感了。"

"我敏感？"方天霁像是听到了天大的笑话，"你可长点儿心吧！我三天两头被问怎么出没在各个我不知道的场合里！"

"哥，我就是拿着你的学生证吃饭看书，还跟你的同学打招呼。"

"继续。"方天霁放下筷子，饶有兴致地看他。

"继续？嗯……被话剧社录取了。"

方天霁脑中闪过一个瘦瘦白白的身影，不以为意地摇摇头，"你们学校没有话剧社吗？"

方天霁果然是方天霁，他真的对旁的事情生不出任何心思来，几乎完全想不到方天霖是为了某个女生才这样冒险的。

想到这里，方天霖觉得自己此前绝对是庸人自扰了，安晓月或许会在不知情的状况下把对自己的感情"嫁接"到哥哥身上，但是他这个高冷的哥哥不接茬的话，所有的担心就都不需要了。

"不是，我就是好奇。你放心，我不会惹麻烦的，万一有不小心被认错的时候，你记得帮我兜着点。还有啊……"方天霖想起昨天跟冯一志的不快，"如果有个叫冯一志的人找你麻烦，一定要跟我说哦，没事离他远点。"

"你说的是话剧社那位社长？"方天霁回忆了一下，"找我麻烦？你得罪他了？"

"说不上得罪，就是觉得这人不能深交。"方天霖说完觉得好笑，这话还是当年他提醒自己的。

方天霁虽然担心，可是他只要知道方天霖在做什么就好了，他完全相信弟弟不会做出格的事。

"差不多就行了啊，重点还是要放在考研上，等你考过来了，名正言顺的时候想做什么都好说。"

"嗯，我懂。对了哥，我问你啊，如果你有一个特喜欢的青花瓷瓶，我刚好也看上了，你会让给我吗？"他尽量贴合方天霁的喜好去做比喻。

方天霁作沉思状，半晌才回，"你什么时候又开始喜欢青花瓷瓶了？"

方天霖顿时有种鸡同鸭讲的感觉，他又想了想，换了一种方式，"哥，你记得王菁吗？小学同学，当时你说她挺好看的，我也有点喜欢她。"他搜肠刮肚想起来一个他们兄弟俩都比较认可的女生。

这下，方天霁眉头攒得更紧了，"你说……谁？"

…………

得，从小就埋在方天霖心里的那点小阴影，随着学五食堂电视上赵本山小品的背景声烟消云散了。他哥根本不记得，或许也根本没把那个女生放在眼里，只有他一个人，默默难过默默心酸，最后选择了默默"退出"让给他哥。

"什么没有让给你？哪次没有让给你？"方天霁无奈地笑，顺带着拿筷子敲了一下弟弟的头，"不知道你这个小脑袋里，一天到晚都在琢磨些什么。"

小的时候，从国外回来的叔叔给兄弟俩带了两个会下雪的玻璃球，一个里面是一只小狗，另一个是埃菲尔铁塔。两个人都更喜欢小狗的那一个，方天霁作为哥哥，默不作声地让给了方天霖。还少年老成地"提醒"叔叔："以后给双胞胎送礼物，要送一样的哦！"

一屋子大人都被逗笑了，方天霖也对礼物爱不释手，那个时刻，方天霁觉得自己做对了，否则哭哭啼啼跟弟弟争抢，谁都不会开心。

好像也是从那时候开始，他学会了隐藏自己的喜好。喝饮料的时候弟弟先选，买了新衣服他也不纠结颜色，时间久了，就连他自己都觉得，好像没有什么事值得特别去争去抢的，没有什么是特别值得上心的。

"早点回去。"饭后，两个人在食堂门口告别，方天霖告诉他自己明天要参加话剧社的聚会，在一家名叫"醉了"的酒吧。安晓月说冯一志要请大家吃饭，给大家赔不是。

方天霁没有过多阻拦，只让他少喝点酒。

怎么可能少喝？

上一世的方天霖不仅练出了好酒量，连带着喝酒的品味也不俗，甚至把喝酒当作生活的一种仪式感。

只是他忘了，这一次的自己，只是个空有酒胆却不胜酒力的初生牛犊。

三杯精酿下肚，方天霖已经有微醺的感觉。

"你没事吧？"坐在他身边的安晓月用一根手指戳了戳他的胳膊。

"没事。"他顺手轻轻牵了一下她的手，虽然她随后就挣脱掉了。

桌上没人留意到这点小互动，大家的话题都围绕着冯一志。

"前天让大家见笑了，我后来也反省过对他的态度确实不好，这个错我认，得改。"冯一志自罚了一杯。

"我依然欢迎每一位社员向我提意见。"他喝下第二杯。

这做派……冯一志后来明明没有这么官腔啊，还是说自己真的忽略了太多？方天霖皮笑肉不笑地看着他。

"第三杯我敬方天霁，昨天你做得很对，我向你学习。"不等回应，冯一志又一饮而尽。

"社长，你没做错什么，"桌上有个穿圆点连衣裙的女生忽然开口，"那点事有什么好计较的，他一个大男生还委屈上了。"她对冯一志的喜欢溢于言表，发觉大家都朝她看去，她扯开话题，"副社长那天怎么了？"

"哦，突然不舒服。"安晓月正准备喝一口啤酒掩饰尴尬，突然被方天霖半路"截胡"。

他拿起她的酒杯，仿佛是刚刚才听到冯一志敬酒的话，"社长不计前嫌，还能让我留在话剧社就好，昨天是我太冲动，以后排练还需要社长多指教。"论在酒桌上说违心话，方天霖的功力一点也不比冯一志差。

"哈哈，我们大四啦，比较忙，我要去 YC 公司实习了，晓月也准备出国读研了。以后话剧社还是靠你们！"

一席话说下来，大家赞不绝口，YC 啊！大公司！

冯一志颇享受被围在人群中间的感觉，几乎对伸手碰杯的人来者不拒。喝了一轮，他才看到安晓月的脸红彤彤的。

"晓月，你上脸了？少喝点吧！"冯一志贴心地提醒。

安晓月默默点头，天知道她根本还没来得及喝一口酒，而是因为自己的手……

坐旁边的方天霖在听到她要出国留学之后就又紧紧握住了她的手，任她怎么挣扎都不放开。

"让我握一会儿。"方天霖凑到安晓月耳边，对她轻声说。她的耳朵被方天霖的嘴唇碰到，一下子就火辣了起来。

这算是一种无声的告白吗……

起初，她还有点不自在，后来，她忽然发觉自己好像并不讨厌这种感觉。

怎么回事？

见鬼了。

安晓月心如擂鼓。她对这个笑容干净的少年一直有一种特别的好感，说不上为什么，跟他在一起觉得很自在，也很开心。她不是一个羞于表达感情的人，确认了自己的心意之后，她回握住了他的手。

她想试试看。

"喂，别喝了吧？"眼看着方天霖眼睛有些发虚，安晓月又劝。

对了，方天霖傻笑，这就是从前发生过无数次的场景，她不喜欢自己喝酒嘛，他都知道的。

方天霖放下酒杯，给了她一个听话的表情。

安晓月的心霎时间被他乖巧的作态融化得一塌糊涂。

"我们来玩游戏吧！"喝得差不多了，有同学开始起哄，"空酒瓶转到谁那里，谁就说一句对现场某人的形容，大家来猜说的是谁，被猜中了就罚酒。"

几句附和之后，游戏正式开始。

第一个被选中的是一位新人，他环顾一圈，神神秘秘地说："我只有一句形容，电影《千钧一发》，大家猜吧！"

"喂，不公平啊！"立刻有同学提出抗议，"没有看过电影怎么猜？"

"那有看过的人吗？"

"有，"安晓月开口，"我看过，但是也猜不到啊！"她极力回忆电影情节，顺便给大家科普，"是个科幻片，讲的是互换身份的故事，有凶杀案的情节，这怎么猜呢？"

方天霖不知道是不是自己太敏感，总觉得出题的同学眼神定在了自己身上。

"是方天霁啦! 真没意思, 你们不觉得他很多角度看着很像裘德洛吗?"

"喊! 喝酒! 你还不如直接说裘德洛还有得猜!"同学们不由分说地给他倒酒, 方天霖却放松了紧绷的神经, 果然, 自己心虚的话, 看什么都会起疑心。

第二轮游戏, 酒瓶指向了冯一志。

"巧笑倩兮, 美目盼兮。"尽管他的形容非常笼统, 但在场的同学都知道社长心有所属, 大家不约而同地看向安晓月, 发出"喔吼"的怪音起哄。冯一志并没公布答案, 反而开了一瓶啤酒, 自己喝了。

安晓月想在大家的注视中挣脱开被方天霖拉住的手, 却没想到结果被他抓得更紧了。

直到第五轮, 终于轮到方天霖。

他在桌子底下握住的那只手一直就没有放开过, 此时, 他也没有犹豫, "这里, 有一个以后我一定会娶到的人。"

"啊——"人群中爆发出小型的惊呼, 这可不是简单的告白和暧昧的暗示了, 这是赤裸裸的承诺啊!

安晓月震惊地看着他的侧脸, 她想过他今晚会不会告白, 却没料到他居然这么冲动。

他应该是真的喝醉了——她在心里下了结论。

Be With You

我们要好的十年

Chapter 3

你知道夏天的秘密吗

如果真的够爱一个人，是能听到他的心跳的。

安晓月就听到了。

01

"你说你就快有女朋友了？"蒋海啸的哀号传遍了整层楼道，"你背叛我！说好的一起等四年呢？"

方天霖正在洗衣服，想到他跟安晓月越来越亲近了就觉得开心，"谁跟你说好等四年，我是说顺便帮陈莺莺盯你四年。"

"我说你一周恨不得去成大八天，我都差点被你的执着精神感动了，没想到你这是在偷偷摸摸给自己找下家！"

"欸欸，"方天霖用小臂擦了一下鼻子上溅落的水，朝着蒋海啸一个抬头过去，"什么叫偷偷摸摸，怎么什么话从你嘴里说出来都变得那么奇怪呢？"

倚在盥洗室门口的蒋海啸随即挑了挑眉，"什么时候带回来给哥儿几个看看？"

"等等吧，应该快了。"

蒋海啸还在喋喋不休抱怨他不仗义，方天霖的思绪却已经飘远了。虽说自己是成年人的心智了，可是安晓月还是那个对爱情充满憧憬和幻想的小姑娘。所以上一次人生中的热气球告白那么盛况空前，这一次一定也不能随意。

"对了，陈浩南那边情况怎么样了？"上回建议他去打听女生的喜好，不知道有眉目了没。

"不太好，"蒋海啸严肃下来，"我正打算跟你说呢，看你幸福得令人发指就没顾上。你快去安慰安慰他吧，他这一打听，才知道人家那女孩早就有了男朋友。已经连着喝了两天大酒了。"

陈浩南躲起来喝酒的地方不难找，就在学校的情人坡上。

往常这里都是一对一对甜腻腻的小情侣，今天却异常冷清。

"唉，"蒋海啸叹气，"陈浩南天天抱着吉他坐在这儿唱分手歌，硬是把咱们学校的著名景点情人坡给唱成'分手圣地'了。"

他脚下放了七八个空着的啤酒罐，方天霖走过去居高临下地看着他，"大早上就喝成这样，当代大学生现状，真是堪忧。"

陈浩南正要新起个头唱歌，听到他的话抬起头来，"天霖，"他瘪了一下嘴，"你又不说人话了。"

方天霖忍住想翻白眼的冲动，"不就是姑娘有男友了嘛，你这才哪儿到哪儿啊，这就颓了怎么行？起来，去洗个澡上课！没了姑娘，这日子还不过了？"

"我以为你要说天涯何处无芳草，准备介绍一个新的给我转移注意力，没想到连你也劝我放弃。"陈浩南放下吉他，假装号啕大哭似的抱怨起来，接着，百无聊赖地踢了一脚地上的空瓶，一点也没有平日里大哥的模样。

方天霖在他旁边的长椅上坐下来，"没有，我不会这么劝你，哪怕天涯到处是芳草，喜欢一个人的心情也不可能随时转移的。"

陈浩南张了张嘴，本想贫两句，听到他的话却顿住了。

"啪"。他又开了一罐啤酒，"哥们儿，我觉得特憋屈，我跟你说，她要是有个正经男友就算了，我听说她那位男友比她大十岁啊！那不就是包……"

"不一定。"方天霖打断他，"不确定的事，不要瞎说，谣言就是这样传出来的。"

"我憋屈啊，那男的哪儿都比我好。"

"比如说？"在一旁沉默了半天的蒋海啸突然插嘴，"哪里比你好？"

"有车，有钱，有社会阅历，是那样的……"陈浩南站起来给他俩比划，"穿西装都三件套，一看就不是什么好人。"

"哦，那是比你好……"蒋海啸下结论。

这是多么深的偏见！

方天霖想起自己从前那些西装三件套，简直想掉头走人。

"你对好人的判断方式就这么浅显？"他耐着性子安慰，"陈浩南……他现在有的，以后你都会有，这些不是稀奇玩意儿，更不是该跟爱情有关的事儿，这些东西时间都会带给你的。"

"你讲话真是，道理一套一套的。"陈浩南嘴上还在调侃，心里却不知怎么，全都听进去了。方天霖平时跟他们都算不上特别亲近，但是这时候的三言两语，却句句敲在他心上。

"不对啊，你不是没有谈过恋爱吗？"陈浩南反应过来，"你从哪本书上看来的刚才那台词？"

方天霖被他问得一时语塞，蒋海啸立马接话："他马上就要有女朋友了，成大的！"

说完，两个人都投来赞赏的目光。

"叫什么啊？"

"阿嚏——"坐在教室第二排的安晓月打了个喷嚏。

"你不会是感冒了吧？"余姗姗小声问。

"不会吧，阿嚏！"

"哎，看来是了，快跟你的小男友说一声，怎么也不来陪陪你！"

"别乱讲，什么小男友，是学弟！"

"好好好，是比男友还体贴的学弟行吗？"姗姗看着她欲盖弥彰，一个不怀好意的笑，"喂，这两天怎么没听你提起他？"

可不是嘛，上次酒吧小聚之后，他虽然还在短信里嘘寒问暖，却再没出现过。安晓月甚至想过很多次要不要去考古系找找他，毕竟心里有些别扭。手也牵了，喜欢不喜欢都要给个说法，她和大多数女孩一样，最讨厌的就是被不明不白的暧昧吊着胃口。

她原本就不是个纠结的女生，琢磨了没一会儿，就打算从教室后面溜出去找他。谁知道刚一起身，就看到了坐在最后一排的方天霖。

她趁老师背过身去的时候跑到他身边的空位坐下，看到他表情有些严峻，疑惑地问了句："你怎么来了？"

他不答反问："你感冒了？"

"好像吧……"安晓月觉得有点委屈，他几天不出现，一出现就质问自己。

"这件衣服太薄，穿我的吧。"说着，他脱下自己黑色的外套帮她穿上，不容拒绝地替她拉好拉链。

他伸手撩起安晓月的刘海儿，把手背贴到她的额头上。唔，还好没烧，"笨蛋。"

安晓月那点小情绪立刻飞到九霄云外去了，她抿着嘴巴，眨了眨眼。

方天霖的外套上传来淡淡的洗衣液香味，是他身上常有的味道，熏红了她的脸，"那你怎么办，你这样也会感冒的。"

"不会，"方天霖握住她的手，"你看，我的手热热的。"

他又趁机偷牵她的手。

"晓月，"前排有个女生转过来嬉笑着打量他俩，"男朋友？"

安晓月摇头，"啊？不是啦！"她没好意思去看方天霖。

明明都是她儿子的爸爸了，现在又重回了"预备男友"的位置，这感觉真奇怪。方天霖朝那女生笑笑，不过这种感觉倒也不坏。

"下课出去玩吧？去看电影？"他提议。

"你没有课了吗？"安晓月问。

"啊……嗯。"方天霖支支吾吾，底气不足地回。

两个人轻声细语聊了半节课，终于等到了下课的时候，可安晓月却突然接到一个电话。

"对不起啊天霖，"她带着歉意看向他，"不能出去玩了，高杨同学阑尾炎突然犯了,可明天就要登台演出了……这可怎么办?"

她满脸的焦虑,才想起眼前的这个人不刚好就像戏里的男主角吗?"对了!天霁……你能顶上来演他的角色吗?演《牛虻》……"

方天霖缓了一下才知道她在叫自己,看到她眉宇间焦急的神色,他柔声安慰:"没事,不用道歉,咱们以后看电影的机会还多,先处理社团的事吧。《牛虻》的剧本我之前试过,大概知道剧情。"

一句话说得晓月又害羞,又熨帖,心里对他的好感更加强烈。明明他比自己年纪小,为什么跟他在一起总有一种被照顾被呵护的感觉?

奇怪。

"那咱们先去排练试试?"她一个微微的试探眼神。

话剧社的同学把排练室的灯光调暗,大家正按部就班地一幕幕地开始练习。

"我梦见了琼玛,可是她似乎不想理我。"方天霖念着台词,下意识地看向琼玛的饰演者——安晓月,她在舞台半明半暗的地方蹲着,不知道在想想什么。

一束光打到舞台的正中间,那里已经摆上了一把椅子,椅子上放着一封信和一条花格纹裙子。

不知道是舞台的灯光效果,还是因为近日赶来赶去太过疲惫,方天霖的意识竟有些模糊。眼前的灯光里尘埃在飞舞，昏暗的鹅黄色光束像极了被封印的时光，全世界都在这一刻静止，谁也不会打扰到他和她，好像舞台上，就只有他们两个似的。

他忽然走过去，把她拉到舞台中央。

一时之间，方天霖全然忘了自己是在演戏，他的手顺着她的手腕往下滑，直到掌心将她的手完全包裹住。他微微低下头，闭上眼，在她的额头上轻轻落下一个吻。

安晓月被他突如其来的亲吻惊到，下意识地推了他一把，猛地往后退了几步，又走回了暗影的地方。舞台中央，光束之下，只剩下怅然若失的方天霖一个人。

是自己太心急了吗？

"我是爱你的，琼玛，当你还是一个难看的小姑娘，穿一件花格子罩衫，围一个皱巴巴的胸襟，背拖一条小辫子的时候，我就已经爱上了你。"场外的独白应景地念到这一句，方天霖心中隐隐作痛，跟着独白一同大喊出声："我现在还爱着你！"

想起这些日子的相处，他只能顶着哥哥的名字骗她，方天霖的眼眶已经在激动的情绪下开始泛红。

他突然双膝跪在地上，朝着琼玛消失的方向，低头抽泣着喊了一声："我现在还爱着你！"

悲伤的音乐声跟掌声一同响起，台下的社员发出惊叹，"方天霁可以啊，你临时改的这一点真是太点睛了！"

的确，这种无比真挚的感情爆发，除了方天霖，该是没有第

Chapter 3

你知道夏天的秘密吗

大方地面对，坦诚地接受，强大
自己总比试图躲避有用得多。

二个人能做到了。临时加的亲吻动作和脱口而出的台词，别说是第一次看的观众，就连排练过那么多次的社员，都觉得无比绝妙。

"我倒觉得还是以前的比较好。"灯光随着"啪"的一声一下亮了起来，冯一志在门口倚墙而立，面色淡淡地说道。

方天霖回过头，目光对上冯一志，半点也没有退让。

"社长。"几个低年级的同学纷纷跟冯一志打过招呼。他步履缓慢地走到安晓月面前，"怎么临时换演员了，高杨呢？"

安晓月还有点沉浸在刚才的一吻中，视线忍不住在方天霖身上游移，"急性阑尾炎住院了……天霁也能演。"

"哦？"已经叫天霁叫得这么顺口了吗？冯一志冷笑，"不过刚才剧本改得太临时了，既然已经排练过很多次，那还是照着原剧本来演比较好。你说呢？"

安晓月脸颊微微发烫，有些不自在地避开冯一志的视线。

思忖再三，她说："大家一起民主商量一下，最后让社长宣布决定吧。"

02

空荡荡的图书馆里，有阳光透过茶色的玻璃窗洒了进来。

安晓月独自一人抱着一摞书，在还书处和整排的书架之间来回奔忙。

她在校图书馆做了三年的志愿者，每个周末都会到这里帮忙整理一下一周下来还没来得及被放回原处的书籍。

今天情况比较特殊，话剧社下午安排了排练，安晓月行动间有些着急，担心一上午的时间会整理不完，幸好有之前的志愿者已经大致把书按照类别分好。

她抱起一摞文学类的图书，往书架边上一放，正准备把书依次放回书架的时候，才发现原先书架上这一列的书全都被放得乱七八糟。

她索性把这一排的书又全都搬了出来，一本一本地按照编码把书重新排列整齐。

就剩一个小小的空格了，她看了一眼时间，顺利的话，还可以去吃个非常从容的午饭。安晓月得意地轻声哼了句歌，忽然看到书架的空格对面，是一张无比熟悉的脸。

"天霁？"她轻喊一声，脸上露出惊讶的表情。

他微微点了一下头，是一本正经打招呼的样子，然后从书架上抽出一本书略略一翻，就准备往外走。

就……走了？

安晓月诧异地看着男生高大的背影，如此冷漠，是因为上次排练时她推开了他那个猝不及防的吻吗？

她甩甩头，习惯性地把长发拢到一侧，如果他真的因上次自己表现出的拒绝感到介意，那这次换她主动找话题好了。

她快步向前走了几步，直到跟方天霁肩并肩，才抬起头问道："上次的角色分配问题，后来你们民主投票了吗？决定用哪个版本的演法？"

"决定用哪个版本的演法？"方天霁顺着她的问题又问了一遍，意识到眼前的这个女孩在问一个自己毫不知情的问题。他看了她一眼，忽然想起来了，眼前这个白裙子女生是开学时邀请他加入话剧社的人，那么……应该是把自己当成弟弟了。

"你喜欢哪一种？"方天霁无法正面回答。

被他这么一问，安晓月想到上次的吻，不免又局促起来。

她承认自己对他有好感，也愈发感到想他的次数越来越多，可是那个吻进展太快，让她有些不安，总觉得有种看电影时错过了关键环节的不踏实的感觉。

"你们定就好。"她腼腆极了，表情落在方天霁眼里有些可爱。

一时间，两人都静默无语，安晓月本以为他会像之前那样跟她开两句玩笑或是主动找个什么话题，可是他没有。她不知道方天霁身上散发的疏离感到底是怎么回事，总觉得他哪里不一样了，却又不得要领。

"你这是借的三浦紫苑的书吗？"她好奇地看向方天霁手中的书，封皮上浅绿色的背景显得格外清新自然。

听到她的话，方天霁慢下脚步，"你知道她？"

身边的人提起日本作家大多会说起太宰治或者东野圭吾，倒是很少有人会对三浦紫苑感兴趣。

安晓月使劲点了点头，"我觉得她特别会写朋友之爱，不过我倒是没想到，你不是考古文博院的吗，不是应该喜欢……"说着，她皱起了眉。

她印象中的"方天霁"活泼热情，并不像会埋头苦读书的人，可他的专业似乎也跟自己认识的他不太搭。安晓月抬眼看向方天霁，忽地意识到那种疏离感的症结，今天的他比往日少了很多活力，多了几分儒雅，重点是，看向自己的眼光似乎再没了那种化不开的深情。

"考古文博院的，应该喜欢《中国墓葬史》，还是《古代玉器》？"想明白了肯定是弟弟假扮自己才发生的这一系列故事，为了保护弟弟辛苦经营的假象，方天霁认命地模仿了一下方天霖的招牌微笑，"我觉得三浦紫苑写群居生活写得特别好。"说着，他指了指自己手里的书。

明明自己看的时候就是看出来了朋友之爱，怎么到他这里就变成了群居生活？安晓月压下心里越来越浓烈的违和感，顺着他的思路说，"对，她很会写一群孤独的人聚集在一起，在彼此身上取暖。"

看到他终于露出了熟悉的笑脸，安晓月有种松了口气的感觉，他刚才果然是为了之前那一吻闹别扭了啊！原来男生也会有这种小性子，不过，该闹脾气的难道不是自己？

"我想吃鸡腿饭。"安晓月不太习惯撒娇，语调有些生硬，看起来像是生气了。

方天霁哪里知道女生心里的百转千回，他"哦"了一声反应过来，上次被自己室友问起的一起吃鸡腿饭的女生，应该也是她吧？看来她跟方天霖是关系不错的朋友了。

这都认不出来是两个人吗……

算了，方天霁掂量了一下，不确定地问："一起？"

"好啊。"

还是他排队买饭，她占好位置等。

安晓月看着那个站在人群里高高的大男生，不禁思考着两个人接下来的发展。

她曾经在初入大学的时候就许愿，希望能够在这四年里遇到一段美好的爱情，期间追过她的男生大都十分优秀，身边冯一志对她的明示暗示她也不是不知道，可是她就是不喜欢。有时候喜欢是一瞬间的事情，说不清楚什么道理，也不需要什么理由，喜欢就是喜欢，爱了就是爱了。

直到他出现，那些幻想中的条条框框便都被她忘得干干净净。

她的眼睛总是不由自主跟着他，还要强忍着怕被人发现；

她总是很在意他说的每一句话，哪怕只是随意跟其他人开的一句玩笑；

她的脑袋里总是在各种场合里走神，想着如果他也在的话……

还好，她可以确定这种心动不是单方面的。

方天霁端着盘子回到座位上，她扬起小脸冲他甜笑，他不自知地回以最温柔的眼神。

虽然才读大一，但是方天霁在自己学院里也算是小有名气——他发表了一篇很出色的论文，提前就锁定了奖学金和将来出国的名额。于是，很多女同学都愿意主动跟他交朋友，因此他常觉得自己被这些女生缠身。

之前总觉得围在自己身边的女生大都偏聒噪，安晓月却完全相反，她安安静静地小口吃着饭，看起来乖顺懂事。

以后自己有女友了，也这样温润就好了。

他第一次生出了关于另一半的想法。

直到午饭结束两人告别，安晓月才想起来自己还不知道话剧到底选了原定的剧本还是他临时发挥的剧本。

她后知后觉地给"方天霁"发过去一条信息。

方天霖正在恶补这几天落下的专业课，看到手机收到短信时并没有及时回复，他解出了最后一道题才发现短信是安晓月发来的。

报名话剧社的时候方天霖登记的是自己的手机号，私下里加安晓月的联络方式，也是用的自己的QQ。因此回复信息的方天霖，并不知道刚才发生的小插曲。

"社长选了原本剧本的表演方式。"

"我刚才问你你怎么不说？"安晓月盯着手机看了一会儿，直到看到方天霖回复了这条消息，她才满意地扬起唇角。

手机里的方天霖跟刚才不同，这个不同很微妙，她在心里细细地想了一下刚才两个人的对话，又回忆了一番那天雨夜的情形，心下还是有些疑惑。

手机那头，方天霖马上就反应过来，她这是遇到哥哥了。

聊了几句，他就把电话拨给了方天霁。

最近方天霁忙于一个博物馆的展览活动，兄弟俩已经有些日子没联系了。他关心了一下方天霖的学业，很自然地就开始叮嘱他，不要把太多的精力放在话剧社上。

方天霖听着电话里哥哥的描述，二人无非就是吃了顿午饭，并没有什么破绽，应该不会引起怀疑。只是他依然忧心，如果有一天安晓月知道了，该怎么看自己呢，哥哥心里又是如何想他这个匪夷所思的弟弟呢。

一想到这里，他的头都快要炸了。

从小到大，成大都是兄弟二人的梦想，他们约定着高考一定要两个人一起报成大，两个人一起圆梦。所以方天霖比谁都清楚，从他高考发挥失常，并且决定放弃复读的那一刻起，自己就让哥哥失望了。

可是天真的他觉得爱情和学业是两条平行的线，只要都努力，是不会彼此耽误的。一方面和心爱的女生有条不紊地相处着，一方面又在自己的学校认真备考拿到好成绩，将来保送研究生进入成大，这岂不是最好的结果了。

想到这里，方天霖把复习资料装进书包，准备等下在去往成大的地铁上继续看。

赶到成大的时候早已经过了午饭时间，方天霖在校门口的便利店买了个三明治，匆匆吃完之后就往排练室的方向走。

大概是周末的缘故，路上学生没有往常那么多，虽然风很凉，但在阳光下奔跑倒是也算清爽。

推门而入，房间里就只有冯一志一个人。

"社长好。"方天霖客气地跟他打过招呼，把书包往桌上一放，坐在靠墙的椅子上，开始闭目养神。

"很累吗？"冯一志突兀地开口道。

方天霖慢悠悠地睁开眼睛，慢条斯理地回答道："谢社长关心，还好。"

也难怪冯一志会觉得他累，几乎每次他从北传赶过来，都是气喘吁吁的。

方天霖忽然想起很久之前，也是这么一个阳光明媚的下午，他宿醉之后又开了一早上会，回到自己的办公室头疼欲裂。

那时候冯一志敲门进来，吊儿郎当地往他办公桌上扔了一盒止疼药，"刚才开会看你一直按太阳穴，试试这个药，管用。不过还是抽空去趟医院看看吧，总头疼忍着不是个事儿。"

方天霖不是毫无戒备之心的小孩儿，但是一直以来对冯一志的提防却少之又少，毕竟是安晓月的好朋友。即使在知道他私下里有很多小动作之后，他也没打算怎样。

每个人都有每个人的苦，方天霖不要求自己多么大度地包容他的错，于是很多事都是看破不戳破，睁一只眼闭一只眼。

不过若是事关安晓月，他一步也不会让。

他们俩很难得地闲聊了几句，气氛还算融洽。

不过这就苦了站在门口的几个社员了。

他们犹豫不前，不知道方天霖和冯一志在里面谈什么，一时间进也不是，不进也不是。

"大家都好早啊！"安晓月的声音传来，站在门口往里探了探头，奇怪地看着堵在门口的几个人，开口问道："怎么都不进去？被别的社团占了房间吗？"

"没有。"方天霖立刻起身，高大的身影顷刻间就吸引了安晓月的注意力。午饭之后，他就回寝室换了衣服吗？按说现在天气也不算热，中午不用洗澡吧？

安晓月的一颗心都系在方天霖身上，对冯一志投来的醋意满满的眼神浑然不觉。

方天霖几乎不用刻意减肥了。

持续的两地奔波和挤出所有零碎的时间学习，让他甚至比之前更瘦了些。

刚刚才结束话剧社的排练，他就马不停蹄往"醉了"酒吧赶，只不过这一次不是社团聚会，而是他们寝室几个男生一起。

酒吧在成大和北传的折中点，顾客大都是周围学校的大学生，因此出入的人相对较简单，只是这次却有些不一样，不知道什么原因，今天的散台里多了很多社会青年。

卡座里，寝室的其他几个人都到齐了，方天霖刚一落座，陈浩南就神神秘秘地凑过来，"看到旁边那几位'大哥'了吗？那大金链子，那小钻表，那龙头文身。"

"看到了，然后呢？"邵伯纶问。

"离他们远点儿。"大家都还以为陈浩南能有什么大本事呢。

"哦……"

蒋海啸闻言大笑："就你这怂样儿还好意思让我们叫你浩南哥呢！古惑仔听到了都不答应！"他说的是早期港片里郑伊健演的角色，跟陈浩南同名，只不过人家是真的"大哥"。

"我刚才还听到他们问推销啤酒的小妹妹要电话呢，流里流气的。"江川推了推眼镜。

"不过推销啤酒的小妹妹也流里流气的，"邵伯纶接话，"紫色头发，胳膊上也有文身，一丘之貉。”

又开始给人下定义了，方天霖笑而不语。

他们几个都是酒吧新人，来这里也不是专程为了喝酒，更别提听歌什么的了，只是突然没了高中时期学校和家长那么严密的看护，想图个自由和放松。

“我去趟厕所。”方天霖放下书包，“帮我点一杯 tequila。”

“特什么拉？”江川问。

“没听清，”蒋海啸回，“等会儿他回来让他自己拉吧。”

酒吧大堂通往厕所的走廊两面都是落地的镜子，配上紫色的灯，有一种玄幻的感觉。

方天霖远远就看到尽头站着一个穿绿色短裙的女生，皮肤很白，齐耳的紫色短发，亮晶晶的耳钉，胳膊上文了一颗六芒星。

她也看到了他。

她嘴里吐出烟圈，嘴角上翘，眼瞳里也印着紫色的光，“嗨！”她打了个招呼，“十二号桌的小哥哥？”

方天霖没理她，走近了才看到她裙子上印着啤酒的 logo，是酒吧的服务员无误了。

“一会儿找你们喝酒呀，今天买十瓶送两瓶呢！”

“人家学生不想理你，别自讨没趣了。”转弯处走出来一个肥头大耳的男人，黑色 T 恤上面画着骷髅头，牛仔裤破烂不堪，手表和项链都是金色的，俨然刚才那桌“大哥”之一。“借个火。”他逼近女生。

“走开。”

"怎么对学生就态度那么好？看不起我是吧？"

方天霖对这种场合不陌生，他知道能在这种场合混迹的女生也有自己的应对方式，他完全没必要逞英雄，若是人家你情我愿，指不定还会帮倒忙。

因此他依旧面不改色地路过二人。

等从厕所出来的时候，情况就不那么妙了。

"你放开我！"女生死死按住自己的衣服，"我要报警了！"

"在这种地方混的，你他妈被爷摸一下怎么了？还报警？警察都不会管你这种货色！"

"滚！"她嘶喊，声音透着绝望，"你他妈敢动我？我告诉你，这一片没人不认识我，你要是不想被揍死就赶紧滚！"

"我好怕啊！"男人大笑，一边猥琐地笑一边浑不在意地继续上下其手。

下一刻，侧脸却落下重重一拳，直打得他头晕目眩撞在了镜子上。

"你他妈活腻了？什么闲事都敢管！"男人冲方天霖大喊。

03

方天霖前后两世加起来都没打过几次架，根本不是"大哥"的对手。

方天霖肚子上挨了几拳，疼得他几乎直不起腰，眼看着对方还要打，结果肥胖男人猝然被人一脚踹倒在了地上。

"打架你不喊人？傻了是不是！"蒋海啸怒吼。

趴在地上的"大哥"瞬间也反应过来了，大声招呼同伴。

蒋海啸对着他的腿又是两脚。

酒吧里正逢音乐切换的空当，很多人都听到了喊声，片刻，看热闹的帮忙的都赶过来了。

陈浩南还没搞清楚状况，就见自己身后有个大个子从裤兜里拿出一把瑞士军刀朝方天霖和蒋海啸走过去了，他来不及多想，抄起手边的椅子就砸了过去。

这下，原本还没"参战"的几位"大哥"立刻围过来了，江川见状，眼疾手快地拨了个 110，顺便取下眼镜对呆立着的邵伯纶喊了声：
"上！"

邵伯纶闭着眼骂了句脏话，这可能是他这辈子第一次骂脏话，说的是"娘的，我死定了"。这也可能是他人生中最想逃跑的一次，可他还是闭了闭眼睛，冲上前去搂住其中一个人的腰就不撒手了。

混乱不堪的场面进行了十多分钟，终于被酒吧的保安制止了，黑衣大哥们还在不停放狠话，几个大男生正打得热血沸腾，也顾不上害怕了，作势还要冲上去，这当口，警察来了。
…………

"这是我人生第一次做笔录。"江川的眼镜还是没保住，一只镜片碎成蜘蛛网状，另一只剩了一半。

"谁不是！吓死了快！"邵伯纶埋怨。

几个人都挂了彩，尤其是方天霖，上衣被撕破了，胸前青一块紫一块，嘴角还在流血。

他们互相看了看，居然大笑出声。

说实话，挺痛快的。

"笑什么笑！"来问话的警察用手里的一叠纸打在了笑声最大的陈浩南头上，疼倒是不疼，就是委屈。

"我们是正义的！"陈浩南抗议。

"正义什么正义！"警察又敲他脑袋，"你们是大学生！跟这些人动什么手！他们不要命的！你们也不要吗？"

一句话说得几个人都有点后怕，邵伯纶小声附议："就是就是！动什么手！"

警察一个眼神扫过去，他又闭了嘴。

离开之前，方天霖看到绿裙子的女生还在做笔录，而几位大哥被关在了临时看守所，骂骂咧咧个不停。

那个女生昂着头，翘着二郎腿，一副什么也不在乎早就习以为常了的样子。

不知为什么，总觉得她的眼神里有倔强，也有绝望。

"酒也没喝上。"回去的路上，江川总结了一下。

"哎，对了，"蒋海啸揉揉红肿的脸颊，"天霖，你之前说

要喝什么来着？"

"龙舌兰，我们去买点儿吧？回寝室我给你们调酒喝。"方天霖回。

"厉害厉害，你还有这本事啊！"陈浩南指着小路上唯一亮着灯的超市，"有啥买啥吧！"

四个人不知疲倦地跑起来，徒留下一个慢悠悠满脸哀愁的邵伯纶在身后碎碎念："还喝酒呢，都怪陈浩南非要喝酒，这下好了吧，明天还得被学校通报批评，我的'三好学生'也没有了，你们几个谁赔我的加分啊！"

没人听见他吐槽，一只黑色的流浪猫蹿过马路，邵伯纶被吓了一跳，捡起地上的小石子扔过去，念了句"讨厌"。

"嘶……"方天霁捂住嘴角，有血腥味漫延进口腔。

"天霁，你怎么不开灯？"室友从外面回来，"呀！你这是怎么了？跟人打架了？谁干的！"

在所有人眼里，方天霁是稳重自持的人，在考古学院，他该是最老实的一个了。如今这幅光景，一定是对方有问题，室友说着，竟有一点要去帮他算账的意思。

"没事。"方天霁不想解释，说不上为什么，他心里总觉得有些不安。

等到夜里十一点多，方天霖突然打来了电话。

"哥，嘿嘿，跟你说个事儿。"从前的方天霖只有在闯祸的时候才会用这种语气开头，方天霁做好了心理准备等他接下来的话。

"这几天，我就不去找你了啊！"他说话声音跟平时不太一样，像是嘴里含着东西。

"怎么了？"一问出口，方天霁发现自己声音也这样。

难不成他的嘴也受伤了？

他们不是第一回这么有"默契"了，一起划到手，一起摔破膝盖什么的，从小到大也发生过无数次。

"不瞒你说，我今天打架了。"方天霖说这句话的时候语气里隐隐透着开心，这让当哥哥的更费解了。

"说，怎么回事？"

"不是大事，就是看到几个流氓欺负小姑娘。"

"给人当盖世英雄去了？"方天霁讽刺，虽然有点担心，但是听他说话好像没有大碍。

"哈哈哈对，"他笑声爽朗，为今天寝室的几个人"并肩作战"由衷觉得畅快，"脸上挂了点彩，所以这几天我就不去看你了，免得被发现。"

方天霁还想继续问，电话那头的方天霖说了句："困了不聊了，想我了你就来看我！"随即，就挂断了电话。

笨蛋。

方天霁把手机放回枕头底下，我们又是一起受伤的。

隔天一早，方天霁就在自己的教室里看到一个不应该出现的人。

"安……晓月？"他回忆着她的名字。

女生凑近看他，视线捕捉到他唇角的伤口，"果然，"她说，"听几个社员说昨晚在'醉了'看到你打架，我还以为是他们瞎说的呢！你怎么短信不回，手机还关机？"

这小子居然是在酒吧打架！方天霁蹙眉，真该找时间问问他还要不要考研了！没有注意到女生言语间的亲昵，因此也没什么质疑。

"走。"安晓月拉着他的袖子就往教室外面走。

"去哪儿？"方天霁抽回手。

"去医务室啊，你心这么大啊，受了伤都不用管吗？"

方天霁想回句"不用了"，脚步却不由自主地跟了上去。

她是弟弟的好朋友，自己总不能太冷漠。

方天霁不知道这算不算得上在给自己找借口，他习惯了照顾家人、关心弟弟，也习惯了父母的注意力大都在弟弟身上，他习惯了冷着脸，更习惯了周围人对他有些望而生畏，就算是那些嘴上不停告白说有多喜欢他的女生，也从未带给过他这样强势的、不容拒绝的关切。

医务室里已经有三位同学在等了，其中两位都是被蚂蜂蛰到了，手臂红肿。

"嗯，现在是蚂蜂的活跃期，不可小觑。"方天霁环视一圈，评论道。

"谁要你点评了，"安晓月哭笑不得，这家伙怎么又变得暮气沉沉的，"担心一下自己吧。"

"我不严重。"方天霁想解释，却又觉得说自己被打了会有些丢脸。

奇怪，他以前哪里在意过这种细节。

"不严重？那我来帮你上药？"

"啊？"

安晓月自顾自做了决定，跑去正忙碌的值班校医身边询问了几句，再回来时，手上多了碘酒和棉棒。

"坐过来点。"她指挥他。

方天霁是不喜欢被别人发号施令的，但是念在她是学姐的分上，还是什么都没说地坐了过去。

碘酒的味道在空气中散开，她轻柔地帮他涂在唇角，方天霁分明闻到酒精之外还有一丝果香。

"喂，"他开口，"你心跳的声音也太大了吧？"

"那是你的！"安晓月恼羞成怒。

方天霖的皮肉伤没几天就看不出痕迹了，但是被学校通报了之后，几个男生变成了老师们的重点"关怀"对象，别说逃课了，就连作业都比其他人多了起来。

趁着这次"调休"，方天霖认真列了一下自己接下来的学习大纲，陈浩南看到大呼不可思议。

"天霖，你平时忙得两头跑，却比我们几个成绩都好，就凭你这聪明劲儿，你一定能考上成大的研究生！"

方天霖摇头，"不是我聪明，是我把你们打游戏看剧的时间用来学习咯。"

"知道知道，"陈浩南揶揄，"还有追姑娘嘛！"

方天霖但笑不语。

好不容易找到一个空闲的周六，他立马打电话约了安晓月一起看电影。将近两周的时间没见，他听到所有的关于想念的情歌都觉得是唱给自己和安晓月的。

只是他不知道，对安晓月来说两个人可不是许久未见，而是几乎隔一天就见一次面的。

"在这里！"他一早就到了，买好了爆米花和可乐，想起上一世自己忙于工作，也很久没有两个人一起出来看电影，他心里想要好好补偿。

十月中旬还不算太冷，安晓月穿了一件藕粉色的卫衣和格子裙，本来个子就不高，看起来更像高中生了。

方天霖刚想逗她两句，只听她问："你的伤口愈合得很快啊！"

你怎么知道……我受过伤？

04

"你们确实看到方天霖前几天在'醉了'跟人打架了？"这已经是冯一志第二遍提问了。

话剧社两个男生都有点不明所以，"确实看到了啊，今天在食堂也看到他脸上带着伤呢，不会有错啊！社长，到底怎么了？"

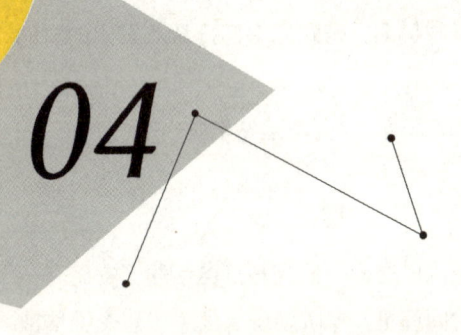

"没事，"冯一志掩住不由自主露出的窘态，"就是问问。"

"副社长也知道了，所以这最近都特批他不用来排练呢。"一个社员添油加醋。

冯一志坐不住了，"你们先练习，我有事先走了。"

从活动室出来，他立刻拨通了安晓月的电话。

"喂？"她的声音听起来跟平时没有什么不同，冯一志松一口气，"在忙什么？"

电话那头的安晓月朝方天霖做了个"冯一志"的口型，"看电影。"

方天霖不耐烦，大声充当旁白："学姐，要开始了哦。"

"嗯嗯，"安晓月被他逗笑，好像看懂了他那点小心思，"有事吗？没事我看电影了哦？"

"没事……"冯一志攥紧了拳头，望着幽深的走廊不知在想什么。

这场电影完全无法吸引方天霖的注意力。

上半场，他不停琢磨怎样才能在不被她讨厌反感以及误会的情况下，牵住她的手或是让她靠在自己肩膀上。

而下半场，他发现安晓月神色恹恹地捂住了脸。

也不是悲剧啊，更没有什么泪点，她哭了吗？

黑暗中，方天霖看不清她脸上的表情，他有些着急，一时没忍住轻轻扣住她的下巴让她面对着自己。

"怎么了？"他声音低沉温存。

"牙疼。"安晓月有点不好意思，眉头因为疼痛紧紧皱在一起。

对了！

方天霖忽然想起自己"The Way Back"的笔记本，今天是被"标红"的日期。

这个本子里有许多诸如此类被标红的日期，都是他在刚刚认命并且接受自己回到了十七岁这个事实的时候，根据自己对于第一次人生中的印象记录下来的，包括生日、纪念日、可能导致吵架的敏感话题等所有重要信息。

"10 月 22 日，晓月牙"，今天是她拔牙的日子。

这是上一次人生中安晓月一次惨痛的拔牙经历，那时候他没有陪在安晓月身边，导致后来在一起后被安晓月念叨了好久好久。

所以到了第二次人生，他怎么也不会再错过这次机会。

方天霖二话不说，拉起她就摸黑离开了放映厅。

"去哪儿啊，不看了吗？"安晓月依然捂着半边脸。

方天霖笑，"电影演的什么你看进去了吗？"

还真没有，从落座后咬了第一口爆米花开始，安晓月的牙就隐隐发痛了。她这几天都被智齿发炎困扰着，却不想今天变得这么严重。

安晓月是个独立惯了的姑娘，按照之前的发展轨迹，她不想麻烦家人，也不想让身边的朋友担心，自己一个人去了医院。只是独立不代表她一点都不怕，方天霖想想就觉得心疼。

到诊所的时候已经快中午了，安晓月此前已经自己来拍过一次片子，这一次，可以直接拔牙了。

两个人坐在等候区的沙发上，安晓月从茶几上拿起一颗薄荷糖，想都没想就撕开塞进嘴里。

她紧张的时候会喜欢嚼东西缓解压力，方天霖微微一笑，别开视线。

好不容易轮到她，安晓月紧张得无以复加，却还不忘安排他："我进去拔牙了，你在这儿休息一会儿，等等我？"

"我陪你。"方天霖站起来，不容拒绝地推着她的肩膀陪她进了诊室。

"那个，那个……"安晓月在躺椅上找了个舒适的位置，犹犹豫豫，忍着疼对他说："你能不能……往边上站一站？"

方天霖有些不解，就听见医生笑着说道："她是不想让你看到她张大嘴的样子，可能没平时好看，好多女孩来我这儿拔牙都是这样，让男朋友转过身去，还有直接给轰出门外的。"说完就笑了，和着方天霖尴尬的笑声。

灯光下，安晓月的面色格外泛红。

方天霖识相地往一边挪了挪，医生取了麻药，叮嘱一番之后，开始了自己的工作。

拔牙并不像想象中那样，轻轻松松地拔掉就可以了。

方天霖在一边站着，眼看着医生开始锯牙，倒吸了一口凉气。他也顾不上安晓月的要求了，飞快地走向床尾，这时候看见安晓月的两只手已经紧紧地攥在了一起。

"会有一点疼，因为神经很敏感，如果疼就出声。"医生慢吞吞地说道，这边安晓月已经紧张得完全闭上了眼睛。

锯牙的声音再度响起，安晓月哼唧了几声，本能地举起一只手，被医生挡在了半路。

"别动。"医生出声呵斥了她一句，安晓月手微微抖着，不知该如何动作。

就在这时，方天霖伸手握住她的手，轻轻捏了捏，小声说道："别紧张。"

她似乎是被方天霖的这句话安慰到了，很快就安静下来。

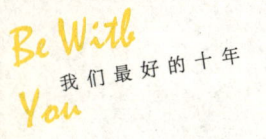

方天霖握着她的手，掌心一直有汗冒出来。

他完全分不清这是自己的还是她的。

将近一个小时的时间，医生终于把最后一点碎屑也清洗干净了。他一边给方天霖看着他的"成果"，一边嘱咐道："这段时间只能吃点温性的东西，最好是流质的。有一点点伤口，如果缝上的话能愈合得快一点，我给你缝一针吧。"

"需要拆线吗？"安晓月嘴里还含着棉球，有些张不开嘴。

"需要。"医生说着，拿出针线，作势让她躺好。

"那我不缝了。"安晓月当机立断地回答道。

这次是刚好遇到了方天霖，他陪在自己身边还能安心一些。不然再让她经历一次类似的体验，她无论如何也接受不了。

"缝吧，医生。"方天霖出声，看向安晓月，"等你拆线的时候，我再陪你过来。"

两个人的视线交织在一起，安晓月内心生出一种前所未有的安全感，他们长久地对视着。

没多久，安晓月点了点头。

从诊所出来的时候正好是中午，太阳很好，暖洋洋的。

"要回家吗？"方天霖问道。

"家里……"安晓月一张嘴，意识到自己有点说不出话来，她冲方天霖摇了摇手机，给他发过去一条信息："家里除了阿姨也没什么人，我还是直接回学校吧。"

那不正好是个陪她的机会嘛，方天霖眼前一亮，冲她点了点头，

"那回学校，我们一起去吃点东西吧。"

安晓月没说什么，只是一边捂着侧脸一边往前径直走着。

"想吃什么？"方天霖问，他重复着医生的嘱咐，"只能吃流食的话，那带你去喝粥吧。"

安晓月点头，红着脸拉过方天霖的手，在他手心里写下一家粥店的名字。

他看懂了，却面带不解地说："再写一遍，没看出来。"

安晓月于是认认真真又写了一遍。

细软的手指在他掌心来回，方天霖心满意足地回："知道了。"

走到一半，方天霖接到了陈浩南的电话，说他有一门选修课忘记交论文，截止时间就在今天，要求还是本人提交并签字确认。所以现在他必须赶回学校，不然这门课就要亮红灯了。

他躲躲闪闪的神色让安晓月觉得有点奇怪，却又听不出什么所以然。

"晓月，"方天霖挂了电话有点抱歉地看着她，"我有点急事，不能带你去喝粥了，"顿了顿，他想出一个好办法，"我送你回寝室好不好，等我忙完买粥给你送到寝室。"

"不用啦，你有事就去忙吧，我自己去买就好啊。"她含混着说。

"不行，"方天霖坚持，"你回去休息，冰敷一下，听话，我的事情不需要很长时间，我买好了给你打电话。"

安晓月还要再说，方天霖在她脸上轻轻掐了一下，"不是牙疼吗？别说话了，送你回去。"

回北传的路上，方天霖火急火燎地打给他的"场外援助"，把事情的原委说明白以后，方天霁那边迟迟不说话。

方天霖着急地在原地打了个转，又喊了一声"哥"，才听见方天霁冷淡的声音回复他道："报名，开会，演话剧，现在要帮忙送饭了是吗？"

对于方天霁会有这样的态度，方天霖是有心理准备的。他哥哥是什么样的人他再清楚不过了，对待任何自己家人以外的人、事、物，方天霁都是秉承置身事外的原则。

即便如此，之前也还是有几次当方天霖脱不开身的时候，哥哥帮他去做替身的经历，虽然次数不多，但也算够意思了，不能怪哥哥。

"可是……"方天霖焦虑地闭了闭眼睛，正准备说出"那算了吧"几个字时，就听见方天霁说了句："最后一次，下不为例。"

紧接着，听筒传来"嘟嘟"的声音。

最后一次？

下不为例？

弟弟的电话打过来的时候，方天霁正在图书馆查阅资料，他刚找到自己要找的书，听到安晓月的名字，他不由自主地想到那一天借书时的情形。

他把一本《中国墓葬史》放在桌上，脑中回想起当时安晓月说他应该读的书，顿时觉得有一些荒诞。

翻开书，沿着目录找到自己要找的东西，方天霁使劲甩了甩头，想把脑子里那些说不清来由的想法甩掉。可安晓月清澈中带着惊喜的表情时不时地就冲入他的脑海当中，方天霁突然感受到了前所未有的烦躁。

为了逼着自己把资料看进去，他开始抄写书上的内容，一字一句地，落笔成书，他的心情也渐渐平复了下来。

不知道过了多久，手边的手机又震了一下，方天霁拿起来看了一眼，是弟弟发来的催促信息。于是他把书放回原处，收起笔记本走出图书馆。

他去到食堂打包了一碗粥，略作踌躇，又找了做鸡蛋羹的档位，全部打包好以后，给方天霖回过去一条信息。

几乎是立刻，方天霖的信息就回了过来："好的！我跟她说十分钟以后下楼！"

直到见到安晓月的那一刻，方天霁都还有一点无所适从。

他从来没有过这种感觉，会分心，无法做好手中的事情。他讨厌这样状态下的自己，但是一切的郁结都在看到她的那一刻烟消云散。

安晓月迎着阳光向自己走来，嘴角呈现出上扬的趋势，却在中途因为疼痛而捂住半边脸。

对了，弟弟跟他说过，她刚刚拔完牙。

方天霁恍了恍神，把手中的东西递到她的手上，按照方天霖嘱咐的话说道："晓月，吃的东西要等差不多晾凉了再吃。"

见安晓月点了点头，他微微低头，目光掠过她有些肿胀的侧脸。

蓦地，他抬起手，把一片纸屑从她的发间取出，在她眼前晃了晃，没再多说什么，就转身离开了。

天知道，那是他第一次触碰女生，虽然仅仅只是头发。

05

不知不觉中，一个学期就要结束了。

方天霖考完了本学期最后一门课程，戴上加绒卫衣的帽子，呼出一口哈气。一月的北京有着冬日的肃穆与萧索，来回两地也变得更辛苦。

回到寝室，一拉寝室的门，发现门在里面反锁了。

门内有嘈杂的声音，还有一些雾气将门上方的玻璃窗笼罩。

有隐隐的火锅香气透过门缝传来，方天霖给江川拨过去一个电话，让他来给自己开一下门。

果不其然，里面的人正热火朝天地准备着食材，见他回来，陈浩南兴奋地冲他招手："就等你了！快锁上门，别被宿管发现！啊！冬天就是应该吃火锅啊！"

不知道江川从哪儿弄来一张桌子，摆在寝室的正中间，上面放着一个有些年头的电磁炉，电磁炉上，鸳鸯锅里的辣锅汤底已经烧开了，方天霖在门外闻到的，就是这个味道。

"还有什么要准备的？"他把背包摘下来往自己的床上一扔，脱了外套就要上前帮忙。

肉是从超市直接买的羊肉卷和牛肉卷，速冻的鱼丸和牛肉丸撕开包装就能直接下锅，菜也已经洗过了，就剩一些土豆和青笋还没有处理。

方天霖二话不说，从自己桌上的笔筒里拿出一把手工刀，三两下就把东西给切好了。男孩子都没多讲究，人一齐，菜又准备好了，就直接上了桌。

邵伯纶战战兢兢站在寝室门口，一边拿个大蒲扇扇风，一边喷着香水，遮盖着火锅的气味生怕被经过的人发现。想到在寝室偷偷煮火锅什么的，被发现了是要记大过的，一向胆小的他忧心不已，更大力地扇起风。

"别整那些没用的了！"陈浩南笑他，"你再扇，味道就飘到教学楼去了。"

这一个学期以来，方天霖基本上除了上课就是往成大跑，虽然因为上次打架的事情让他跟大家的关系有了质的飞跃，可是他依然是聚会时出席率最低的那个。

一个恍神的工夫，室友们已经一人一个啤酒瓶对着他，示意他碰杯。

他赶紧从脚边抄起一瓶酒，开盖之后几个人对碰，一口气就喝下去小半瓶。

寒冷的冬天里，几个人围着热腾腾的火锅，有说有笑的，有人计划寒假就要开始实习，有人早已买好了回家的火车票，还有人不住地感慨大学也并没有比高中轻松多少。

十几瓶酒下肚，桌上的大部分人都已经是喝醉的状态了。

相比之下，方天霖是酒量最好的那个。

他夹了一口毛肚，按照七上八下的原则在锅里涮着，就听身边的蒋海啸嘴里叽里咕噜地说："你到底什么时候把学霸女友介绍给我们认识？"

"急什么？"方天霖应了他一句，给他碗里夹了一筷子毛肚。

蒋海啸有些动作不稳地夹到自己嘴中，迷迷糊糊地说："你说你两头跑，累不累！"

"我有点事想赶紧完成。"方天霖难得地想要打开话匣子，跟哥儿几个谈谈心，转头一看，蒋海啸已经趴在桌上睡着了，一旁的陈浩南也喝得晕乎乎，一头栽在床上一遍又一遍念着没来得及告白就失去的爱情，邵伯纶抱着酒瓶低着头，看不出到底是在想事还是睡着了，他总是一副乖乖仔却铁了心要跟浩南混的模样。

只有江川，他把眼镜上的雾气擦干，又重新戴回去，不知道从哪儿变出一台拍立得，"咔嚓。"

闪光灯亮了一下。

"我想做个纪念册，拍拍我们的日常，留着以后看！"

方天霖赞同："好主意，咱们拍张合影。"

上一世，他们是陌生人。

蒋海啸对他来说只是一个名字，陈浩南、江川、邵伯纶是茫茫人海中毫无交集的路人甲。

这一次，方天霖想用力记住所有人。

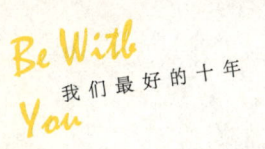

两个人拍了很多搞笑的照片，又默默地把桌上的东西收拾干净。

十点多的晚上还不算晚，楼道里有端着澡盆挂着毛巾唱情歌的男孩儿，也有默默举着电话在角落里说甜蜜悄悄话的男孩儿，还有些特例，诸如在走廊里跳绳减肥和举铁，以及做俯卧撑健身的。

夜色阴沉沉的，方天霖拎着一个大大的垃圾袋出门，把东西都丢到楼道尽头楼梯间的垃圾桶内，随后一屁股坐到楼梯的台阶上，有点不想动。

要不是蒋海啸提起来，他甚至觉得自己永远都能精力充沛地早出晚归，奔波在北京城的城东和城西，永远都不知道疲倦。

可是现在他觉得有点儿累。

如果是在以前，这样的时候他可能就会抽根烟来缓解一下烦躁的情绪。不过现在的他有一年多没抽了，没有什么烟瘾，所以更难找到一个出口，来缓解缓解心里的苦闷。

方天霖有些天马行空地想，其实自己可能是太阳能充电的，只要有点儿阳光，就能一直往前冲。

他的阳光此刻在干什么呢？

方天霖起身走向寝室，空荡荡的楼道里，除了他的脚步声，再也没有一丝声响。

夜里陆续有人迷迷糊糊地醒过来爬回床上睡觉，方天霖躺在自己的位置上，睁眼看着天花板，翻来覆去都睡不着。

他索性坐起身来爬下床，抽出一本书，在写字桌上点起一盏小台灯，漫不经心地看了起来。

屋里的火锅味道闷闷的，待的时间长了，方天霖渐渐习惯了这种味道。他坐在自己的椅子上，台灯发出橘色的光晕，给他染上一层温暖的色泽。

窗外起了风，方天霖侧头看向阳台，被眼前的景象惊得挑了挑眉。

下雪了！

今年的第一场雪，就在一个这样的夜晚悄悄来临。

方天霖想起在之前的那个雨夜里，安晓月跟他说，她不喜欢雨，她喜欢雪。

他想都没想，抓起一件外套和一条围脖，边套上，边小跑着出门。

凌晨两点多，路上已经没有多少车了。

繁华的街道褪去了喧嚣之后，变得格外冷清。再加上白茫茫的雪已经覆盖了路面，整个城市都像是变了一个样子。

方天霖在路边哆哆嗦嗦站了许久，才看到远远过来一辆出租车。他急忙上前招手，车子缓缓地停在了他的面前。

"小伙子，要去哪儿？"出租车司机一口京腔，懒洋洋地问道。

"成大。"方天霖利索地上车，抖了抖身上的雪，又搓了搓手，"还真冷。"

"这么晚了从北传跑成大去，找女朋友？"北京的出租车司机健谈，一路上跟方天霖扯了不少闲话。他虽然平时开朗热情，但是今晚跟司机师傅聊起来的时候总有一些心不在焉。

半夜车子畅通无阻，不到半小时，车就到了成大门口。

也不知道为什么，他心里有种很不一样的感觉，似乎是预感到有什么事情要发生。

下了出租车，方天霖一路小跑到安晓月的寝室楼下，拿出手机想要拨给她，却临场犹豫了。

雪花还在不停地飘落，落在他的肩上、头上、眉梢上。

他下定决心，按下了通话键。

"喂……"电话那端，安晓月半梦半醒的声音传来，方天霖甚至能想到她睡眼惺忪的样子，可爱极了。

他很小声地"喂"了一声，呼出一口气，在空气中凝结出一个半圆的哈气形状。

"学姐，下雪啦。"

"嗯？"安晓月迷迷瞪瞪的，从床上坐起身，缓了几秒后，后知后觉地看了一眼手机。她这才反应过来，自己是真的醒了，不是在梦中接了一个电话。

甩了甩头，她小心翼翼地爬下床，往窗外望过去。

雪下得很大，借着月光，甚至能看清一片片的雪花，有着漂亮的形状。

安晓月看了一眼手机上的时间，缓过神来，然后小心地捂着话筒，急急地问道："你怎么大半夜不睡觉啊？"

"我啊？"方天霖在原地跺了跺脚，"我见下雪了，就想赶紧告诉你，你不是说你最喜欢雪了吗？这是今年第一场雪，我想让你先看到。"

电话那头，方天霖的声音有些发抖。

安晓月披上一件外套走到阳台，轻轻掩上门之后，开口问道："怎么感觉你说话的声音很奇怪啊，寝室里很冷吗？"

方天霖失笑出声，抬头望向天空。"学姐，我如果现在出现在你的楼下，你会开心吗？"

安晓月"啊"了一声，像是突然反应过来一样，探身看向外面。

入眼处都是白色的茫茫大雪，将树梢枝头和顶楼天台包裹起来。一字型的道路上有暗暗的灯光，把唯一的那个红色身影衬得格外显眼。

"唔……"安晓月捂了捂心口，突然间像说不出话来了一样，不知道说什么好。她开始紧张，甚至有点不敢呼吸，"喂！你站在那儿干什么！"

"学姐，我有话想对你说，可以请你下来吗？"电话那端的男孩举着手机，声音悄悄的。

停顿片刻之后，她像是下定决心一样，紧了紧领口。接着，她快步走进房间，踢踏着一双运动鞋，就匆忙推门而出。

人生中总有那么一刻，会很想奋不顾身。

安晓月顺着四楼的楼梯往下跑，一个一个回旋的楼梯，像是一张一张的日历。她快步踩着一个一个阶梯，满心都是这一个学期以来各种各样的方天霖。他有的时候会有些不着调，爱逗能爱耍宝，有些时候，又有点小孤僻小冷静，他就像一个猜不到的谜底，一片看不见底的大海，一场漫无止境的梦。

四楼，她忽然想起有次话剧社的例会上，他为了保护一个被男生们嘲笑的肥胖的女孩，而和几乎半个社团的男生对立，还差点为之大打出手，那种认真起来的正义感，真的很迷人。

三楼了，有次一起在食堂吃饭时，他非要过来厚着脸皮蹭一顿麻辣香锅，说自己忘带学生卡，下次补请回来。那顿饭，他只顾着挑辣椒和花椒。那些安晓月不爱吃的，他全都一一准确地放在自己碗里吃掉了。她曾想过，这家伙怎么会那么了解自己，简直像上辈子就认识一样。

到二楼了，她又想起两个人一起逛学校的小超市，她买了桃子汽水给他，他却条件反射地说最不喜欢吃桃子。她后知后觉地反应过来，那次在话剧社他抢自己的桃子味的饮料喝，好像只是为了不想让她喝凉的。

快跑到一楼了，安晓月又想起雨夜中背着自己的他，把所有脏脏的雨水都踩在脚底下，绝不让她碰到一点儿她不想碰的地方。还有拔牙时紧紧握着她手的他，好像有他在，什么事情都敢闭着眼做下去。如果安晓月没记错的话，那天他的手心出了很多汗。

现在她的呼吸很紧张，心里有一些想法似乎就要破茧而出。

跑出一楼了，外面就是皑皑大雪，还有一个他。

安晓月深呼了一口气，轻手轻脚地打开寝室楼下的大门，趁着冷风灌进来之前，就利索地把门关上了。

外面空气很冷，安晓月打了个冷战，继续跑向方天霖所在的位置。

她气喘吁吁地停在他的面前，抬眼看向他时，看到方天霖的眉梢都已经凝出霜来。

方天霖往手中哈了一口气后，使劲搓了搓手，放到离安晓月耳边几厘米的位置，似乎这样就能让她稍微不那么冷一些。

安晓月被他的动作逗笑，她扬起头，眼角弯出一个好看的弧度。

"说吧。"她笑着说道。

雪还在飘着，她穿了一件不算厚的毛衣，肩上还披了一件羊绒大衣。而他，穿着一件傻傻的红色外套，围了一条灰色的长围脖，耳朵和脸颊都是通红的。

不是说，他笑起来最好看了吗？的确是这样的，红红的嘴唇映衬下，他的笑容和这个夜晚最美丽的雪一样，洁白又温柔。

"说啊。"安晓月又一次用很轻很轻的声音催促着说，她不好意思地看着一直盯着自己看的方天霖。

他就那样看着她，眼里水润得像淌满了泪花。他的嘴角，有微微扬起的弧度，好像是在笑，那种只要看着你就不由自主的笑。

天空被雪染成了鹅黄色，月亮在头顶洒着缓缓的光，稀疏的星星仔细看还是可以发现的，它们眨着眼睛，不知困倦。寝室楼一片漆黑，几乎没有一盏灯亮着。凌晨两点多的学校里寂静无声，除了雪花落下时簌簌的声音外，再也听不到一点动静。

忽地，方天霖低下头，闭上眼睛，把身子倾向她身前。

他吻了她。

顷刻间她的耳朵"嗡"的一声，开始轰鸣，心跳扑通扑通，一声一声。

雪花洋洋洒洒，飘得更大了，它们落下的时间很慢很慢，像是轻轻起舞的蝴蝶。风儿停住了脚步，像是扒在门口静悄悄往里看的女孩儿。

它们都不作声。

万物都不作声。

被吻着的她忽然间踮了踮脚，抓紧了他的衣服。

世界像喝醉了的旋转木马一样，醉在北京的第一场雪夜里。

06

　　期末考试的成绩在方天霖的预料之中，他从来不是恃才傲物的性格，也懂得努力的重要，因此对第一名的成绩单并不意外。

　　但是不够，还远远不够，想要堂堂正正出现在成大，他还需要更拼命。

　　如果说这一世他最想要的是补偿安晓月，那么绝对不能丢的是补偿和保护她的力量。

　　在他的规划里，在这一次的人生中他会在实习时选择 ES 公司，而不是 YC。凭借他上一世的能力与经验，他相信自己一定会比从前更好。

　　"哥，我和晓月在一起了。"方天霖的声音难掩喜悦。

　　方天霁看到他的成绩单，原本想夸两句，听到他的话，忍不住又问道："你到底打算什么时候告诉她真相？你知道拖得越久，就越难被原谅吧？"

　　跟安晓月几次接触下来，要说完全没有怀疑过她和弟弟的关系是不可能的。只是方天霁不懂，这种事方天霖完全可以大大方方告诉自己，为什么要一直刻意隐瞒呢？

　　是因为他也认为"借用"哥哥的身份恋爱是不对的吗？

　　方天霁有些黯然，说不清心里翻涌的酸涩到底是什么原因，或许，他根本也害怕知道。

　　"再等等，"方天霖一改刚才的表情，带了些心浮气躁，"总不能现在说吧，让她这个寒假，这个年都过不好怎么办？我一定会解释的，但是再等等吧。"他承认自己现在还没有勇气戳破这个巨大的谎言。

　　即使他没有坏心，即使是为了"矫正"这错误人生的轨迹，可是爱情是那么美好的东西，加入太多杂质总是会稀释原本的浓度。

　　方天霁停下脚步，望着前方曲折的小径。

　　他不是第一次来北传，也跟方天霖走过很多遍这条路，他能感觉到弟弟在这里"做自己"的时候，远比在成大小心翼翼的时候舒服很多。

　　他可以自在地跟认识的同学打招呼，介绍说："这是我哥哥。"

　　不用躲躲藏藏，不用冒名顶替。

　　"哥，你觉不觉得这条路风景不错？再往前走有一个'情人坡'，是北传的著名景点。"

　　方天霖说起北传的时候，从来不说"我们学校"，可是谈起成大，说得却总是很顺口。

方天霁心里叹息，却也无奈，从他默许了弟弟拿自己学生证那一刻开始，就已经决定帮他了。或者还可以说在更早一些的时候，从他有了自己是哥哥的意识之后，他就在包容弟弟几乎所有问题的路上一去不返了。

他知道这是错的，方天霖也知道，可是他们似乎都在这条路上难以回头了。

"对了哥，"方天霖忽然想起前几天拜托蒋海啸排了很久的队买回来的火车票，"回家的票买到了，和蒋海啸一起。"

方天霁接过，"你又麻烦别人。"

"没关系的，我跟蒋海啸是好哥们儿，而且，期末考试我帮他划了重点，他说能过个好年还要感谢我！"

"怎么这么晚，票不好买吗？"方天霁看到火车票上的时间，比他们之前商量好的晚了五天。

"不是……"方天霖有点难为情，"想在北京多陪陪晓月，等她跟爸妈回南京的爷爷家了，我再走。"说完，他也有点不好意思，于是赶忙慌慌张张地跟哥哥解释说："不过票也确实是不多了，时间合适的就这三张。"

如果能早一点知道两个人会在一起的话，安晓月是绝对不会同意父母买这么早的票回爷爷家的。安晓月的爷爷奶奶年纪大了，讲究落叶归根，一直不肯跟父亲母亲来北京居住。因此每年的寒假，安晓月都要回南京陪爷爷奶奶过春节。

把行李过完安检之后，他们站在人潮涌动的候车大厅里，相对无言。

由于安晓月有次坐飞机遇到气流重度颠簸，留下了心里的恐惧后遗症，因此凡是能不坐飞机的，她就都不坐。坐几个小时的高铁对她来说是心甘情愿的，甚至有一年学院组织去江西的一个小县城实践，全实践团就她一个人选择了坐十一小时的绿皮火车，一路向南。

安晓月环视着四周，她紧紧握着的手机里，还有着方天霖刚刚发来的"等我"的消息。情侣间的第一个分别，总是难免有些不适应，因此方天霖执意赶着乘地铁来车站送她。

人潮涌动的候车大厅里，春运的场面让人眼花缭乱。安晓月咬了咬嘴唇，眉头皱紧，透过人群神情紧张地扫视着。

突然间，有人拍了一下安晓月的肩膀。

安晓月吓得一个激灵，回头看才发现是安父。

"晓月，去候车室休息了。"安父低着嗓音说，说着，还用力吸了一口他的电子烟，显然他不喜欢这种全是人的地方。

其实安晓月也不喜欢，由于安父安母一直忙着做生意，所以从小她就是一个非常缺乏安全感的女孩儿。感到孤独的时候，往往只能把自己锁在一个更小的世界里不出来，好像只有这样，心里才能有些安全感。

不过小的时候，安晓月对父亲倒没有这么不亲近，反而还一度把等他回家当作一种仪式。

她在沙发上跳来跳去，满心期待会收到的礼物，水晶的项链、超大号的布偶熊、色彩缤纷的裙子……直到她渐渐发现，那个坐在沙发上喝着花茶跟自己一同等待的母亲，从来就没有笑过。

等她懂事了，对感情有了期待，她暗暗发誓，自己以后一定要找一个恋家的男人。他的事业心不用太强，他对花花世界不会流连忘返，他和她一样，不追求奢侈的物质。

"哦"了一声，安晓月就跟着安父乖乖往前走，一边走一边朝两边东张西望。她心里想着，可能是地铁上的人太多了，所以他才耽搁了。

可是，该不会出什么事情了吧？

越想越担心，她的额头已经冒出了一层细密的汗珠。

忽然有人扯了一下安晓月的包，她的第一反应是有小偷，回过身看，发现满头大汗的方天霖把食指放在嘴巴上，比出一个"嘘"的手势。

她一下子就笑了。

那种噘着嘴巴，"讨厌"和"烦人"的笑。

方天霖悄悄跟在安晓月身后，一路送她往前走，并没有被最前面的安父和安母发现。等人多拥挤的时候，他就把手指偷偷放在安晓月背在身后的双手里，偶尔安父回头看，他就赶紧抽出来，装作不认识的路人。

用食指在她手心挠了挠，这种幼稚的事情该是只有方天霖可以做出来。

周遭嘈杂声不断，来去的人潮熙熙攘攘，但是他们有自己的安宁小世界。

等到快到候车室了，方天霖用力扯了扯安晓月的手，示意她不想分开，而安晓月也把他的手指攥得更紧了。

"爸！我想去买个甜筒冰淇淋。"安晓月突然灵机一动，朝走在前面的安父说。

安父看了看手表，的确还有一些时间，嘱咐她不要走丢后，就跟安母还有随行拎行李的一位男士先去候车室了。

安晓月激动地做了个胜利的手势，确定安父他们走了后，拉起方天霖的手就往反方向跑。

跑到一个角落里，来往的人很少很少，脸色微红的她轻轻地靠进他的怀里，又在他怀里蹭了蹭，有些不舍地抬头望着他。

要说些什么好呢？

不知道。

他们谁都不知道。

刚在一起的恋人是这样的吧，有很多想要说的话，恨不得一次表白完所有的爱，但是都不知道要怎么说才好。心里的所有喜欢和所有欢喜，都在拥抱的一瞬间变得无比真实。

他就那样抱着她，很用力很用力，甚至想让她融进他的身体，两个人变成一个人的那种用力。

如果真的够爱一个人，是能听到他的心跳的。

安晓月就听到了。

两个人磨磨蹭蹭的，直到广播第一次提示开始检票了，安晓月才依依不舍地从他的怀里起来，"我该走了。"

方天霖在她的脸上轻轻亲了一下，"好，一个寒假的时间其实眨眼就会过去的，对吧？"

他在找借口安慰着自己，也在安慰着依依不舍的安晓月。

方天霖顺着她跑开的方向看去，再见安父，他的心里五味杂陈，好在现在一切都还未发生，他不用太过烦心。

火车站的肯德基里，蒋海啸正津津有味地吃着薯条。

透过巨大的玻璃窗，外面来来往往的人影熙熙攘攘，其中就有方天霖。他一如往常打算到肯德基里买个甜筒，这个习惯是方天霁留给他的——小时候每次不开心，哥哥就会给他买个甜筒吃，哥哥常说吃了甜筒弟弟就不会不开心了，好像这多多少少有点作用。

恍惚间，方天霖看到蒋海啸坐在一旁的餐台上。

"嘿！臭小子，你怎么在这儿呢？"方天霖刚笑开的嘴角随即慢慢收了起来，因为他发现，蒋海啸的身边还坐着一个女孩。

"这是？"方天霖的声音有些沉。

蒋海啸看见方天霖，先是一阵错愕，接下来，他像是要保护什么一样，伸手把女生拉到自己身后，"就是你想的那样。"

所以，他这是，劈腿了？

方天霖之所以对这个女生有印象，是因为看到过不止一回她跟蒋海啸一起吃饭，他还记得打架后的那段日子女生也曾频频出现在宿舍楼下，手里拎着个小药箱。只是当时，方天霖没作深想。

女孩挺漂亮，上海人，今天凑巧也从车站坐车回家，蒋海啸来送。

"那陈莺莺怎么办？"想起那个远在异国的女生，方天霖就觉得有些抱歉，好像是自己没有看好蒋海啸，又好像是自己依然没有帮她改变情路不顺的命运。

"什么怎么办，"蒋海啸面不改色，"哥们儿，你不说我不说，这种事，心照不宣的。再说了，离那么远，她那边怎么样我也不知道呢。"

方天霖很努力才克制住自己想要挥起来的拳头。

"天霖，别怪我了。异地恋这种事，真的熬不住，身边总是要有个陪伴着的，你让我四年靠着视频和照片过日子，过不下去的。"说着，他握住女孩的手。

火车站人来人往，每个人都奔着自己的目的地，闹嚷的喧哗声不绝于耳。

方天霖看着眼前的蒋海啸，觉得像是从未认识过他一样。

07

　　大学阶段的寒假生活比想象中要无聊很多，尤其是对于方天霖而言——刚跟安晓月在一起，原本应该是如胶似漆的阶段，却硬生生要因为寒假而分别一个多月。

　　而蒋海啸偶尔的邀约，他也一次都没有回复，自从那次车站分开，就再也没见过他。

　　他坐在客厅的沙发上，随意换着电视台，却怎么都找不到自己想看的电视节目。

　　刚好方父从外面买菜回来，见他一副心不在焉的样子，就坐到沙发上，跟他聊了一会儿。

　　方天霖对自己未来的规划非常清晰——无非就是跟曾经一样的轨迹。方父听后，觉得自家儿子长进不少，两个人越聊越开心，最后在晚餐的时候干脆开了一瓶红酒，边喝边聊。

方天霁把一切都看在眼里，像往常一样，他话不多，直到帮忙洗碗的时候，才自顾自地冲在了前面。

方天霖回到自己的房间中，看了眼时间，距离他跟安晓月约定的视频时间还有不到半个小时。他心情很好地给安晓月发过去一条信息。

还没等到回复，一阵敲门声传来，他从床上坐起身，"进。"

话音刚落，方天霁就推门走了进来。

不用说，刚才在饭桌上听了太多方天霖的大话，方天霁有些不太放心。

"这个学期，真的一切都很顺利吗？"方天霁把手里端着的一盘水果放在他的书桌上，靠着他的桌子立在那里。

方天霁当然知道，弟弟在这一个学期的时间里到底有多奔波。从城东到城西，他简直就像是过上了通勤一样的生活。还有在酒吧跟人打架的事，在这样的状态下，他能静下心来思考自己未来的人生？反正作为他哥哥，方天霁是不信的。

方天霖自知瞒不过哥哥，只能一个劲儿打着保票，说自己肯定能说到做到。

临近视频时间，方天霖开始频频抬头看墙上的时钟，以自己要开始看书为由，把方天霁轰出了自己的房间。

就在方天霁掩门的那一刹那，方天霖从床上跳起来，飞速地打开自己的 QQ，一登录上去，就点出安晓月的对话框。

"好准时呀！"电脑屏幕上，安晓月俏皮地吐了吐舌头，轻轻地出了一口气，接着说道："刚奶奶拉住我多说了几句话，差点就晚了。"

"晚一点也没关系，多久我都可以等的。"方天霖对着摄像头认真地点了点头，随即嘿嘿傻笑了起来。

方天霁轻轻地把门拉紧，靠在走廊里许久，才缓步离开。

唉，这该死的生活。

每天晚上八点，方天霖都和安晓月约好视频。

就这么过了半个多月，方天霖终于忍不住，决定悄悄去趟南京，以解相思之苦。

买好票之后，一大早，他就在吃早饭的时候跟方母说，自己要去大学同学家玩，想待上几天再回来。

半年的时间，好不容易能在家多待几天，儿子就又要出去玩，方母自然是满心的不乐意。

却没想到，方天霁在这时开口帮他说话，寥寥几句，就劝服了方母。果然还是哥哥的话管用，方天霖悄悄冲方天霁比出一个跪谢的动作，尽管哥哥并没有什么反应。

方天霖完全没有深究，一想到马上就要见到自己想念许久的人，他就把一切都抛在了脑后。回到房间后，他简单收拾了一下换洗的衣服，背上背包就出了门。

出乎他的意料，虽然已经过了春运最繁忙的阶段，火车站还是有那么多人。他排着队上了车之后，愈发觉得中国人可真是多。

其实他选择的这个时间，是已经工作了的人开始上班的前夕，他能顺利买到票已经是很不容易了。坐在窄窄的座位上，方天霖难掩即将见到安晓月的兴奋心情，看着窗外干净整齐的铁路，他不由自主地露出一个微笑。

这种心情即便是在前一次人生中，他也没体会过。

越是渴望见面，心就跳得越快。整整五个小时的时间，方天霖不停地幻想，安晓月在见到他时会是何种表情。

他事先打听好了安晓月爷爷奶奶的住处，按照自己查好的路线，出了高铁站就进了地铁站。

心脏狂跳，在走到安晓月爷爷奶奶家楼下的时候，方天霖深吸一口气，拨出安晓月的号码。

"喂。"电话那头，安晓月小声地说道。

方天霖情不自禁地笑出声，随即轻咳一声，学她的样子，小声问道："你在干啥？"

"陪爷爷下棋呢。"安晓月说道，"哎，爷爷，落子无悔！"说完，她又小声地对着话筒说："怎么了？"

"就是想问问你，方不方便出来一下？"

"嗯？"安晓月疑惑地回了一声，随即又"嗯啊"地发出了一个冥想的长声，"爷爷，我有点事，同学来问件事，我下趟楼！"

紧接着，方天霖就听到了她边跑边小声喘气的声音。

"慢点，我一直都在呢，不着急，别摔着。"

"嘶嘶"声传来，应该是进了电梯了。

方天霖裹了裹自己身上的羽绒服，抬头望向天空傻笑起来。

什么重生，什么离婚，什么爱而不得，这一切在现在似乎都被淡化了，能赶紧把她抱紧才是最重要的。

安晓月出现在楼门口的时候，看到方天霖，激动地捂住嘴巴。她飞快地跑到方天霖面前，想都没想，就直接扑到了他的怀里。

"你怎么突然来南京了？怎么也不事先说一声。"安晓月又激动又感动，话一出口，才意识到自己有点哽咽。

她撒娇一般双手环住方天霖的腰。他身上特有的洗衣液香气立即进入安晓月的鼻腔，原本还觉得不真实，就在这样的气味将她包裹以后，她才渐渐有了"这就是现实"的感觉。

此时此刻抱着她的这个人，最擅长给她惊喜。比如那一夜雪里的吻，和这个花费半天时间才送到她身边的拥抱。

"想见你，特别特别想见你，所以就来了。"方天霖轻声在她耳边呢喃，听到她嗲声嗲气的话，更觉得这一趟来得真值。

他瞬间就起了逗弄她的心思，把她拉开一小段距离，低头看着她说道："看来这个惊喜的剂量稍微有点大，下次还是不搞这样的惊喜了。"

安晓月眼里雾蒙蒙的，听到他的话，就使劲推了他一把，作势要走。当然了，方天霖也懂见好就收，于是赶快拉住她的手，微微用力，安晓月就又跌入了他的怀中。

他满眼都是笑意，俯身在她脸颊上轻轻一吻。

"逗你呢，我向你保证，以后绝对不跟你分开三天以上好不好？超过三天，就算是隔着太平洋，我也会飞过去看你。"边说，他边吻上了她的唇。

暖暖的阳光照在两个人的身上，冬天好像也没那么冷了。

安晓月作为半个"地主"，一门心思想拉着方天霖各处去转转，感受一下六朝古都的魅力。

她用手机搜了一个简单的攻略，在他耳边念念有词："玄武湖公园、总统府旧址、汤山温泉……"

而方天霖只听到了自己想听的："汤山温泉啊，这个好！"从前带着她和儿子一起泡温泉的画面记忆犹新，那是他繁忙工作中为数不多的其乐融融的家庭时光。

"想得美！"她白他一眼，"带你去南京博物院看看吧？你

应该会喜欢。"

会喜欢才怪!

看来哥哥还是给她留下了不少印象。

想到这儿,方天霖道:"晓月,我其实,不那么喜欢考古专业。"

"我也觉得你呀,一阵一阵的。"安晓月没太往心里去,视线还停留在手机上,"也就是受伤那阵子聊得多些,后来再没提过你的专业。可你不是还发表论文了吗?不喜欢还写得那么好?"

"等一下,受伤的时候我跟你聊过?"方天霖立马抓住了关键词。

"就是你打架那次嘛,失去记忆了?"她用手指戳了戳他当时受伤的地方,左边唇角,右脸颧骨。

那不是他啊……

方天霖紧紧皱眉,这么说,同一时间哥哥也受伤了?

等等,他是不是漏掉了什么信息?

"天霖,"安晓月的小手覆上来,"怎么了?"

"没什么。"他勉强笑了笑,又变成了从前那个想把她完全保护着,不让她知道所有糟心事的男人。

可是下一秒,她说的话却让他前世的努力保密都付诸东流。

"本来不想跟你说的,可是我实在不知道告诉谁比较好。我发现……我爸爸好像出轨了。"

她把手机递给他看,屏幕上的照片拍得不算清楚,可是足够了。

足够方天霖认出来励嫣然了。

08

南京之行不算特别圆满，虽然两个人手牵手去了很多地方，可是却各怀心事。无论说了多少安慰她的话，方天霖心里却比谁都清楚，安父的这一次出轨不仅是真的，而且还会持续很久，甚至最终慢慢发酵成罪恶的源泉。

回家之后，方天霖并没有从方天霁口中得到他想要的信息，哥哥对自己受伤的事情只字不提，轻描淡写地就岔开了话题，而这却在方天霖心里埋下了更深的疑惑和内疚。

正想得头大，一个远洋的视频电话拨了过来，陈莺莺在电话那头大喊大叫，兴奋得不得了。了解了一番才知道，前阵子她在学校附近的餐馆打零工，今天发了第一笔工资。镜头里的陈莺莺手舞足蹈，开心极了，转眼就转来一个888元的大红包，非要方天霖收下。

"老铁，帮我个忙，最近我们家老蒋说他备考雅思压力特别大，给我打视频电话的次数少了好多，就为了多复习英语，早点儿来美国找我。哎呀，我心疼坏了，所以前阵子就赶紧去这家墨西哥餐馆打工，想着攒点儿钱，赶紧买张机票回去看看他。"陈莺莺手里举着一沓十美元的钞票，"老娘挣钱了！虽然每个月不多，但是总归是个好开始嘛！给你先打点儿，要是方便，多给我们家老蒋买点儿核桃或营养品之类的……"

方天霖一时之间不知道说什么好，心脏扑通扑通地跳，他绝不想说出事情的真相，告诉她老蒋在这边有了新的女友。

"我会照顾好他的，钱我就不收了。"方天霖说话的声音有点颤抖，和电话那端笑起来无比灿烂的陈莺莺形成鲜明对比，"对了，老蒋说了，让你多给自己花钱，多对自己好一点，这样的话我们都放心。"

陈莺莺的眼眶红了，没多久就开始抹眼泪，"放心吧，我在这边，除了很想你们以外，都挺好的，受不了欺负的。"

一瞬间，方天霖的眼睛无比酸涩。

"我们家老蒋总是惦记我，总想让我对自己好一点，其实我对自己好不好的有什么的，不在他身边，就只想对他更好……"还没说完，她就又抹了抹眼泪。

方天霖把手机扣在桌子上，闭着眼睛皱着眉，用力地捶了捶自己的额头。他沮丧着，心疼着，痛苦着，挣扎着，不知所措着。

剩下电话那端的陈莺莺不知道吵吵闹闹在说些什么。

所有事情似乎都混乱地胶着在一起的时候，新学期在不知不觉中开始了。

方天霖连自己的学校都没回，回到北京之后，第一时间就去了成大。

在去找安晓月的路上，方天霖遇到了很久不见的冯一志，更准确点说，是冯一志在这条路上等了他很久。

跟往常不一样，冯一志成竹在胸的样子让方天霖觉得陌生，这种毫不掩饰的算计与精明，不应该出现在尚未毕业的冯一志脸上。

"我应该叫你什么呢？方天霁？还是方天霖？"他刻意挑衅。

完了，被他发现了。

寒意顺着脚下爬满全身，方天霖像是冻在了原地，眼睛都没了焦距。

"你应该庆幸我还没想好以什么方式揭发你，"冯一志步步紧逼，"让你，让你们，身败名裂。"

"不关其他人的事。"方天霖心急如焚，"这件事是我自己一手策划的，方天霁和安晓月毫不知情。"

"哈哈哈哈，你当我是傻子吗？就凭方天霁挨打那天一声不吭的样子，他能不知情？他心里清楚你们两个的勾搭，所以才不敢还手！"

方天霖才意识到那晚哥哥嘴角的伤，原来是冯一志打的。

"是你！"方天霖再也忍不住了，那么老实善良的哥哥竟然被这个混蛋给殴打了，他挥拳就朝冯一志打去，"你他妈敢打我哥！"

他把冯一志打趴在地上，横着眉头，"我再说一遍，这件事是我做的，跟方天霁没关系！有什么你冲我来，也不要伤害安晓月！"

冯一志擦了擦嘴角渗出的血，起身狠狠将方天霖推向墙壁，"我就说呢，明明是在学校附近被打的人，同一时间怎么会出现在几公里以外的酒吧跟人打架？我伤害安晓月？你们兄弟俩把她当猴耍，你说我伤害她？"

方天霖撞在硬邦邦的砖墙上，背部一阵钝痛。

"我就说'方天霖'这个名字怎么那么熟悉，一年前晓月的手机就总会收到一个叫'方天霖'的人发来的骚扰短信。没想到吧，那时候是我把晓月的手机抢来回的你，并设置成了防骚扰模式。后来晓月没再回复过你，你也没起过疑心？"冯一志哼了一声，"跟我玩，你太嫩。"

"社长？"远远跑过来一个男生，是话剧社的社员。他当机立断站好队，"社长你没事吧？方天霁，你竟然敢打社长！"

"滚开！"说话的是冯一志，"这是我跟他的事，离远点。"

他一向不把他们大一的学生放在眼里。

男生碰了一鼻子灰，悻悻离开，也没敢再看方天霖一眼。

男生还没走多远，两个人就挥拳相向，打了起来，谁也没手软。

一开始还有两三个路人试图上前劝架，听到二人的对话又都纷纷走开了。为情而战，旁的人插不了手。

一番纠缠过后，冯一志才没了力气，他靠着墙喘气，示意方天霖停手。

"开个条件吧，怎样你才不会说出去。"方天霖自诩还是了解他的，他凡事喜欢讲条件，所以再麻烦的问题，只要条件讲好了，就没有什么不能解决的。

"就凭你？"冯一志嗤笑，"你一个毛头小子能给我什么？"

"你在 YC 实习是不是？你们在筹备血癌慈善基金项目，那是个肮脏的洗钱大染缸，打着慈善的名义骗钱，你也参与了。"方天霖目光看向他，坚定又有力。

冯一志愣了一下，"方天霖，你不要以为你听到点小道消息就能唬住我，我才……"

"别碰那个项目，打杂也不要。"方天霖打断他，像是在对着未来的他说话，"ES 也是很好的公司。"

冯一志终于正视了眼前这个学弟。

虽然只是在 YC 公司实习，可是冯一志他并不傻，这个项目确实存在，他也是因为在公司里认的师傅无意中透了风声才知道的。他还知道的是，师傅说参与的人都在安董事长的名单里，以后这帮人有的是好日子过了。

指望着发慈善财，冯一志猜测这里面大抵是有猫腻的，只是他离核心太远了，怎么可能打听到太多，所以照办就是了。况且就算最后出了问题，一层一层怪罪下来，也要很间接才会找到他头上。

只是那时候的他还不知道，像安富仁这种老奸巨猾的人，绝对不可能让自己轻易深陷其中，越是底下的无名小卒，就越容易被拿去当挡箭牌。

方天霖为什么知道？

还是他有什么了不得的背景？

冯一志说不上原因，不过他的心里开始有点摇摆不定。琢磨着方天霖的话，冯一志立刻就有想要退出这笔买卖的心思了。

"还是多操心操心你自己吧，泥菩萨过河自身难保的。"他表情稍显不自然。

"我会找机会自己跟她说，尽量把对她的伤害降到最低。"

方天霖低着头如是说。

09

方天霁觉得今晚冯一志看自己的眼神特别奇怪。

他是受弟弟嘱托，替他来参加话剧社的开学聚会的，原因是弟弟今天有很重要的学术活动，导师必须要他参加。虽然放心不下话剧社这边的情况，但是方天霖也不想因此得罪导师，毕竟他是要考研到成大的人。

方天霁坐在 KTV 包厢里，在这个他完全不熟悉的地方，只有一个人是他所熟悉的——正在唱歌的安晓月。

她唱的是一首很活泼的歌，在此之前方天霁都没有听过，他听着她的声音，往沙发椅背上靠了靠，有些疲惫地闭上眼睛。

"喝一杯？"冯一志突然坐到他的身边，方天霁一下子直起腰，礼貌性地喊了一声"社长"，然后不着痕迹地往旁边让了让。

"怎么，不给面子？"冯一志看出来今天来的是方天霁。

"我不喝酒。"方天霁回了一句，他能感觉到冯一志对他的敌意，但他不懂为什么，直到冯一志开始给他讲他跟安晓月的从前。

"你喝醉了，社长。"方天霁起身，居高临下地看着面色阴沉的冯一志。

他一个转身，正准备离开，安晓月就已经跳到了他的面前。

"你怎么不去唱歌？"她笑嘻嘻地问道。

方天霁微微一笑，"不太会。"

"不怕，我带着你，咱们合唱吧！"安晓月兴奋地抓住他的胳膊，一起向点歌台跑去。方天霁还没怎么反应过来，就被一下子拽跑了，哪有女生这样抓过他。

那种感觉，就好像做了很长的梦突然被叫醒，又或者像牵了很久的风筝突然断了线。

一下子，好像就有什么不一样了。

她点了一首烂大街的合唱曲目，方天霁就算再不怎么听流行歌曲也对这首歌非常熟悉，加上安晓月一直带着他唱，倒是合唱得很完美。

从 KTV 出来以后，一行人又选了一家清吧续摊。已经很晚了，方天霁时不时地看着手机，他第一次玩到这个时间。

手机的另一端，结束了学术交流的方天霖一直发着信息追问怎么样了，显然穿着打扮都不一致的兄弟俩，没办法再上演大变活人的戏码，弟弟只能在电话那端了解情况，根本不能来到现场。

反正无论如何也脱不了身，方天霁只能认命地坐在一个角落，继续配合着大家的游戏。游戏依旧是真心话和大冒险，每当选人的时候，放不开的方天霁都会紧紧闭着紧张的双眼，默念着，希望话题不要落在自己身上。

击鼓传花进行中，下一个真心话大冒险落在了安晓月的身上。

她在一阵起哄声中清了清嗓子，说道："那我就选真心话吧。"

"副社长说一件自己喜欢的人做的让自己心动的事情吧！"

安晓月有些不好意思地端起杯子喝了一口苏打水，问道："一定要说吗？"

"当然！"社员起哄。

听到这儿，围着坐的同学们都精神了起来，大家的热情似乎都被点燃了，相继发出"耶""吼""哦"的怪叫声，好像疲惫的下半夜，一下子又被点亮了。大家怪叫着起哄，烘托着无比热闹的氛围，这才是真的大学生活。

安晓月的目光环视一周，沉默片刻说道："有一次下雨的时候，他背着我回宿舍。我最讨厌下雨了，但是那个下雨天，我觉得好像还挺不错的。"

说完，她端起桌上的一小杯啤酒，仰头干了下去。

这一字一句落到方天霁的耳中，他的心中像是缺了一块。

起哄的声音不断，同学们都高呼起来，吵吵闹闹地接着刚才的话题继续刨根问底，调侃着安晓月的八卦。虽然已经在一起了，但是安晓月和方天霖都没有对外公开，他们都是喜欢小世界过小日子的人。

安晓月答出问题后，游戏就继续了下去。

方天霁默默无言地拿出手机后，看了一眼时间，又把手机放回包里。抬起头，将将对上安晓月清澈的目光。他说不清楚此刻的感觉到底是什么，也说不清楚为什么此刻自己的胸腔这样闷。他大概是不喜欢这样密闭的空间，也不适应清吧里的音乐声吧。

有一种喜欢叫什么来着，我不承认。

对了，就是这种喜欢，我不承认我喜欢你。

只是我确实，好在意你啊。

越来越喘不过气来，于是从不喝酒的方天霁拿起一瓶啤酒，咕咚咕咚往嘴里灌了起来。喝不习惯的他被酒呛了一口，咳嗽了几下，又抹了抹嘴后，他给方天霖发过去一条信息，问道："你是不是曾经在一个下雨天送安晓月回宿舍？"

片刻之后，手机一震，他划开屏幕，看到方天霖回复的信息上写着："你怎么知道的？她跟你聊起来了？"

原来真是这样，方天霁失笑一声，摇了摇头，站起身走向窗口。

明亮的夜色中，酒吧外的灯光不停地闪烁，像极了夜空中的星星。

"怎么感觉你跟平时不太一样？"安晓月不知什么时候站到了他的身边，他微微侧了侧身，让两个人之间的距离大了一点，呢喃一般地说道："是啊，不太一样。"说完，他的目光又移回到了夜空之中。

"还有吗？"方天霁好像想让自己的心死得更彻底一点，"心动的时刻，还有其他的吗？"

"有啊，"她声音轻柔，"你替我喝冷饮的时候，第一次趁演话剧亲我的时候，陪我拔牙的时候，在车站告别的时候，突然出现在南京的时候，很多很多。"

是啊，很多很多，只是她说的心动，没有任何一件是关于他的。

方天霁觉得灯红酒绿的嘈杂太适合掩藏心事。

没错，方天霖虽然顶着自己的身份与她恋爱，却把他变成了冒牌的那个。

也好，或许这就是最好的。

随着新学期的开始，大四的同学都开始为自己的将来奔波忙碌，想继续读书的人不在少数，也有不少人开始找起工作。

安晓月不属于这其中的任何一种，她还是像以前一样，按时上下课，参加话剧社活动和志愿者活动，规律得就像是她根本就没有面临毕业一样。难怪身边有的同学会说起闲话，像安晓月这样含着金汤匙出生的人，早就站在了别人拼命奋斗的终点。

方天霖也还是像以往一样，尽可能地往返于城东和城西之间，他甚至学会了如何在地铁人挤人的时候腾出一只手，高举着本书读下去。

这些天，他无数次问自己，到底什么时候才不再逃避面对事实。眼看着安晓月的生日一天天逼近，他更加不知怎么办才好。

方天霖在笔记本上安晓月生日的标记处顿了顿，随后在之后两天的地方画了一个圈，写了一个单词"deadline"。

北方的城市进入春天比较晚，可是到她生日的时候，很多花都已经开了。

上一世他们在一起的时候，方天霖曾经送过她一次花——她喜欢花，就连路边的野花她都会在看到的时候拍下几张照片。偶尔兴之所至提笔画下来的，也大多是各种各样的花。

但是那个时候她并不喜欢方天霖的这个小浪漫，后来他才知道，因为安晓月觉得送手捧的花，是在扼杀花的生命力。

所以这一次他学聪明了，早早地去花卉市场选了一盆紫罗兰，养了半个多月以后，紫罗兰不负众望地在安晓月生日来临之际开花了。

安晓月生日的当天，方天霖兴冲冲地捧着这盆花，在坐地铁和打车之间左右权衡，最终选择了不会伤害这份生日礼物的交通方式。

出租车司机师傅爱聊天，一路跟他东拉西扯，等他快下车的时候，才忍不住问："小伙子，你抱着一盆花，是几个意思啊？"

"女朋友生日。"方天霖轻快地回答道。

司机师傅啧啧称奇，说见过的都是送包装好的那种花束，哪有人会送一小盆盆栽的。

"别说大气的送 999 朵玫瑰，就连我现在送老婆都是十几朵玫瑰啊。"司机师傅抹了抹额头上的汗，热心肠的他是真的为方天霖着急。

毕竟像方天霖这么小气的，他还是第一次见。

方天霖笑了笑，迎着冬日里的一缕阳光，暖暖的。

等走到安晓月宿舍楼下的时候，给她拨过去一个电话。

没过几分钟，安晓月就冲了下来。

方天霖眼看着一个身穿白色呢子大衣的人向自己跑过来，他满脸带笑地把紫罗兰举到她的面前。

安晓月的目光在紫色的花朵上停住，再次抬起眼的时候，眼睛里亮晶晶的。

怎么会有这样一个人，深知自己每一寸心思。

现在的她并不知道，眼前的这个人其实已经爱她爱了十多年，在这十多年里，他没有一刻不把她的喜好放在心里。

"生日快乐。"迎着日光，方天霖轻声问道，"喜欢这花吗？"

安晓月使劲点了点头，"特别喜欢！"

隔着一盆花，方天霖抬手捏了捏她的脸，"喜欢就好，我带你出去玩吧，你今天的时间都是我的。"

安晓月心里的幸福感几乎要冲破胸腔，她飞快地吻了一下方天霖的嘴唇，一转眼就跑了——"我先把东西放上去。"

在安晓月回去放花的时候，方天霖就等在她的宿舍楼下，他还在回味刚才那个蜻蜓点水般的吻，一个转身，看到了方天霁。

"哥，你怎么在这儿？"算起来，安晓月上楼已经有一阵子，随时都可能会出现。方天霖紧张兮兮地看着她出来的方向，一把就把哥哥拽到了一旁。

"给同学送篇论文，你是来找安晓月的？"

"今天她生日……"方天霖踌躇了一番后解释道。

方天霁微微点了点头，"嗯。"

方天霖盯着哥哥的眼神，哥哥是能读懂的。从小弟弟没考好，他就帮着弟弟骗爸妈说考试取消了；大一点，弟弟不想去上课，他就掩护着弟弟说肚子疼要请假；而现在，甚至弟弟用自己的身份来冒充自己谈恋爱，他都可以容忍。

所以不出所料，没多久方天霁就转身走了，只留下一句"我再找个时间送吧"。

"哎，哥！"方天霖本能地叫住他，在他回头的一瞬间，方天霖却不知道该说什么了，只是冲他抿了抿嘴，"没什么。"

有一阵风吹过，并没有扬起春日里的沙。

10

"真的是双胞胎哎！就是他们吧！"

方天霁在周围的议论声中顿住，身后不远处的方天霖大喊一声"我靠！"匆匆朝他跑过来。

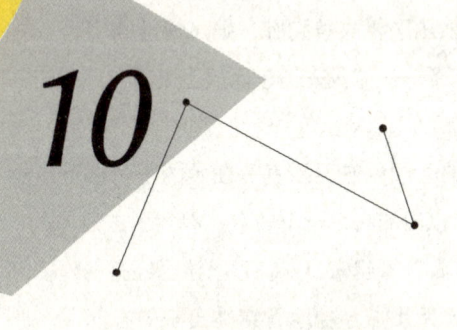

"怎么了？"方天霁看着面色凝重的方天霖，仿佛一年前那个失常的弟弟又出现了。

"哥……"方天霖深吸一口气，嘴唇颤抖着，闭上眼睛。

成大的校网论坛上，有人匿名发帖，帖子名为"双胞胎兄弟将富家女耍得团团转，甜蜜恋爱变为三人行"。

帖子中夸张地讲述了兄弟二人如何合谋扮演同一个人，布下天罗地网，让富家女深深为之着迷，神魂颠倒下答应了他们的追求。里面还配有很多偷拍的照片，甚至有兄弟二人在安晓月的宿舍楼下对话时的远景照片。

爆料人十分"敬业"地详细分析了哪张照片里的人是谁，一时之间，话剧社里的人也开始回帖，不断有人声称"怪不得接触起来老觉得这个人性格怪怪的"。

帖子的点击率和回帖率不停上涨，很快，就有人贴出了方天霖和方天霁的详细资料，甚至连两个人就读的初中高中和大学都贴了出来，再加上图文并茂和故事的狗血度，热度不断上升，已经成为论坛上难得一见的热帖。

方天霁看完整个帖子内容，双手已经控制不住地攥了起来。

"这样你就满意了吗！"方天霁话一出口，沙哑得完全听不出来这是他的声音。

方天霖呆了呆，他知道哥哥平时很少把事情挂在心上，可是连嗓子都憋成这个样子，可见是火已经压都压不住了。

"我……"方天霖张了张嘴，却不知道该如何解释。

是了，原本就是他不敢以自己真实的身份去结交安晓月，错本就是在他。

"你什么？你有一个梦想！你要考上成大！你要认识她！你不愿意复读！反正你有个长得一模一样的哥哥，不如偷哥哥的身份去结识她！"方天霁把一直以来积压的情绪一股脑宣泄出来，大声呵斥着，与平日里温润寡言的他截然相反，"这么长时间了，你有没有过一次，去向她坦白，告诉她你其实叫方天霖！你是北传的学生！"

"哥，我是打算她生日之后就坦白的，真的，你相信我，我也不想让她以这样的方式知道。我才是最爱她最怕她受伤害的那个人！"方天霖在这时候比任何人都要心急，就好像马上要失去一切一样，心里骤起骤落。

"你口口声声说你爱她，却对她不坦诚，让她到头来饱受非议伤害，这算爱吗？"方天霖再也没有底气反驳什么了，虽然他一丁点都不想承认。

似乎一旦承认，就再也没办法挽回什么了。

挽回？方天霖像是才反应过来一样，下意识地看向自己的手机。要是安晓月也看到了这个帖子，那她岂不是会疯了。

于是他匆忙翻到安晓月的手机号，把电话拨了出去，却立刻被挂断了。

女生宿舍楼前围观的学生越聚越多，有的人是因为看到了帖子，有的人是被争吵声引来。

"晓月！"方天霖不管不顾地仰起头冲着她宿舍的方向大喊，"晓月，你接电话啊！"

回应他的，只有更多的指指点点。

"海啸，你跟天霖还不说话吗？"陈浩南蹑手蹑脚钻进寝室的阳台，"大老爷们儿咋还冷战呢？有啥事不能动手解决？"他一边小声打着电话，一边望向宿醉未醒的方天霖。

陈浩南还记得上次自己失意的时候他俩是怎么安慰自己的，

虽说那点暗恋破灭的事儿算不得有多轰轰烈烈，但是青春嘛，最大的事儿不就是这些。

方天霖从昨天醉醺醺回来，就一头扎进被子里了，他和邵伯纶、江川轮流问也没问出个所以然来，但是陈浩南知道，方天霖绝不是轻易能被击垮的人，只是他听见夜里方天霖捂住嘴呜咽的声音，还是担心得一整晚没睡好。

蒋海啸沉默一阵，刚说了句"我们的事你别管了"，就听陈浩南说道："天霖一定是遇到什么大事了，他不跟我们说，没准儿会告诉你呢。"

"这样吧，"蒋海啸思忖片刻，"我给天霁哥打电话问一下。"

方天霁也两天没有联系弟弟，他把自己藏在图书馆的角落，逼着自己没日没夜地看书，仿佛这样就能屏蔽周围不怀好意的评论，以及谎言被戳破带来的伤害。

可是他知道，躲着不是办法。

比他和方天霖更受关注的，还有那个在漩涡中心的安晓月。

他草草跟蒋海啸说了事情的原委，便直奔女生寝室楼跑去。从小他就像是弟弟的家长一样，弟弟犯了什么错，都要哥哥去收拾烂摊子，更何况这次他也是男主角之一，理应亲自和安晓月道歉的。

至于什么指责，什么看法，他通通不想去管了。

她不在寝室，室友冷嘲热讽了几句后，还是告诉了他安晓月在画室，希望他即使被拒绝一万次也能死皮赖脸地给她一个解释，把事情交代清楚。

方天霁打电话给方天霖，跟他说了画室见，就一路疾跑过去。

无论如何，先帮弟弟争取一个解释的机会吧。

安晓月自从看到了贴吧的消息，整个人像是被推入了冰窖。从愤怒到质疑再到痛苦，这期间有对方天霖的失望，有对自己的嘲笑，还有对爱情的绝望。

她希望他能出现在自己面前，告诉她这一切都不是真的，可是她又害怕见到他，害怕这一切都是真的。其实，她比谁都更快相信了帖子里的爆料，那些从前被忽略被无视的细节逐渐放大，在一张张真实的照片中被她一一证实，那些说不清的违和感，那些奇妙的巧合，都变得合理了起来。

在经历了这一切之后，她曾笃定的，那个深爱自己的人，她甚至不知道他的真实姓名。

好可笑。

很好玩吗？兄弟俩一起戏弄人的感觉？为什么就偏偏选中了自己呢？

当信任崩塌，连带着从前所有的甜都成了讽刺。

"晓月。"方天霁从画室后门进去，却不敢走到她身边。

他知道弟弟的做法是错的，可是他一再纵容，一再帮衬，甚至还……有点陷入其中。

安晓月面色苍白，听到声音拿起包就想逃跑。

"晓月！"方天霁上前一步挡住她的去路，"给我……给我们一个机会解释吧，这之后，你要生气也好，要怎么都行，但是请你听完。"

画室里其他几位同学闻言陆续离开了，给了他们独处的空间。

看到她有动摇的迹象，方天霁鼓起勇气，"我真的没有想到事情会演变成这样，如果早点知道……"

"是谁，我只想知道，一直以来跟我经历所有事情的，到底是谁，难道真的是不停换人吗？"安晓月捂着脸痛哭出声，"我也真够蠢的，连不同的人都看不出来，现在我成了全学校最大的笑话。"

方天霁从未觉得语言会如此苍白，他想说不是那样的，却发现根本无从辩驳。

"晓月，方天霖是为了……"

是为了什么呢？

因为没有考上成大，他想要来体验这里的学习和生活，误打误撞加入了话剧社，又喜欢上她，这一切都是方天霖单方面的事，却害得她痛苦不堪。这就是他这个当哥哥的看到的全部事实。

他们是亲兄弟，他可以包容方天霖的一切问题，可凭什么要求别人也将心比心地原谅他？

安晓月的肩膀在微微颤动，方天霁却怯懦地不敢上前。

她哭了一阵，用手抹干眼泪，"如果你没有要解释的，就让开，以后也不要出现。"

"等一下。"方天霁看了一眼手机，他马上就到了。

安晓月冷笑，"成大的方天霁，北传的方天霖，是不是觉得特别好玩？"

"不是你想的那样。"

这是两个人之间最后的一句话。

方天霖气喘吁吁赶到的时候，教室里昏暗一片，哥哥低头不语，安晓月明显有哭过的痕迹。

"晓月……"他踱步进去。

方天霁站起身，把教室让给他们，擦肩而过的时候，轻轻拍了拍他的肩膀。

方天霖单膝跪下，握住安晓月放在膝盖上的双手。

"你听我说，事情真的没有帖子里写的那么不堪。"

安晓月低头看着眼前这张熟悉又陌生的脸，不过两天不见，他蓬头垢面，下巴上都是青色的胡茬，衣服因为奔跑也显得凌乱不堪。可是那个眼神，她是熟悉的。

"晓月，一直都是我，我一直在。喜欢你的，爱你的，在酒吧握住你的手的，抱你去医务室的，初雪时跟你告白的，全部都是我啊。"

她不答话，他把她的手放在自己的脸上，安晓月感受到他的眼泪，"晓月，对不起，我知道错了。是我喜欢上你，所以求哥哥让我以他的名义参加话剧社，我不是成大的学生，所以我无奈之下只能用这种办法接近你，可天知道我有多努力学习准备考研进成大跟你名正言顺地在一起。"

"你还在撒谎，"安晓月出声，"你说你是在参加话剧社之前就喜欢我，怎么可能？我们从前根本不认识，你让我怎么相信你？你们到底想干什么！"安晓月突然大喊，她把手从他手中抽出来。

方天霖心脏骤紧，不知道这么长的故事要怎么讲给她听，因为他看到她的表情除了冷漠，还有防备和一丝恐惧。

"骗子！"

"我不是……"方天霖还想再近一步，却被她害怕的眼神止住了脚步。

她现在……居然害怕他吗……

"我是打算要告诉你的，只是一直沉溺在跟你的恋爱里，我怕说出真相这个梦会碎，你会离开我。"

"我要多谢那篇帖子，要不是因为它我还被耍得团团转，我以为遇到了最美好的爱情！真是一份让人刻骨铭心的生日礼物呢！"安晓月狠狠推了一把方天霖，看到他一个趔趄撞在后排的桌子上。

"晓月！"方天霖捕捉到她似乎有一点点的不忍，于是趁机抓住她的手腕，"别走，求你，再给我一次机会，我不会再骗你。"

"你懂不懂，这不是小吵小闹的事情，这是从一开始你们就在耍我玩！"安晓月后退两步，"流氓！肮脏！变态！"

大喊出最后一句话的时候，她转身跑掉了。

你知道那个夏天的秘密吗？

谜底就是，我宁愿从未遇见你。

Be With You

我 们 最 好 的 十 年 ————————————————■

Chapter 4

春眠不觉晓

这个城市就好像一颗巨大的时间记忆胶囊，所有快乐伤悲，都在其中。有人出现，就得有人离开；有人离开了，就得继续欢迎光临新的过客。

01

　　一个人想要让另一个人从自己的生活中消失并不难，尤其是，在他明确知道自己做错了事有多抱歉的时刻。只是，曾经在一起的痕迹却不是能随着简单的告辞就消失了的。

　　夜晚悄无声息地到来，方天霖随着地铁不停地在北京城绕着，他们曾在这座城市一起念书、毕业、结婚、生活，所有一起走过的路和停留过的地方都是回忆，他没有一刻能忘记。

　　这个城市就好像一颗巨大的时间记忆胶囊，所有快乐伤悲，都在其中。有人出现，就得有人离开；有人离开了，就得继续欢迎光临新的过客。时间乐此不疲地改变着一切，当然也包括我们。好像要想赶走难过，最好的办法就是接受。

　　终于，他在成大东门站下了车。

　　这半个多月以来，安晓月都没再联系过他，他希望时间能平复她的心情，也能给他们一个心平气和谈话的机会。

可惜没有了。

"她已经出国了，你不要再来找她了，你上次的大喊大叫已经够让她丢人的了，我们寝室现在成了众矢之的！" 安晓月的室友姗姗这样告诉他。

方天霖忽然觉得脑子里有什么东西彻底坍塌了，他愣在原地。

"出国了"三个字生生装进他的脑子里："不可能，她怎么会这么冲动。"说出这句话的时候，他眼神有些空洞。

"怎么不可能？她说已经给过你机会解释了，是男人就不要纠缠了，我们都觉得她曾经为你放弃出国的机会才是冲动。"

余姗姗转身走的一瞬间，方天霖还有点恍惚，没记错的话，那天安晓月也是这样扭头走掉的。只不过她走掉了，就再也没回来。

所以啊，很多人很多事，稍不留神，就会离开我们的世界。

并且一去不复返。

方天霖不知道自己是怎么离开的成大，又是怎样来到现在的
"醉了"酒吧。

他曾经以为，喝酒就只是为了应酬，没想到自己有一天会什
么都不想，来到酒吧就只为了烂醉一场。

要是真的能醉了就把所有事情都忘了就好了。

方天霖在吧台处点了一杯又一杯的苦艾，可是不知道为什么，
他的酒量突然变得比以往任何时候都好，越喝越清醒。

"再来一杯。"他的手指在吧台上敲了敲，冲前前后后忙碌
的酒吧服务员说。

在吧台这一带服务的小姑娘从调酒师手里接过一杯又一杯酒，
送到不同的客人桌上，剩下的最后一杯，她轻轻一推，就推到了
方天霖的面前。接着，她的身影就又在旁桌客人的呼唤声中消失了。

方天霖的目光已经变得迷离，他端起酒吞下一口，舌尖处甜
腻腻的口感让他不由自主地皱起了双眉，"这不是苦艾吧。"

他大嚷了一声"喂"，心里想着，凭什么连酒都要欺负我。

小姑娘接过他手里的杯子，"啊"了一声，"不好意思！我
把那边客人的玛格丽特给你了！我现在就去找调酒师重新做一杯
苦艾！"

她身上的香水味跟安晓月一样，方天霖觉得自己的心脏抽了
抽，他晃了晃头，一把把小姑娘手里的杯子夺过来，"算了，就

喝这个吧。"

灯红酒绿之中，台上的驻唱歌手一口烟酒嗓开嗓——

假如时光倒流 我能做什么 找你没说的却想要的
假如我不放手 你多年以后 会怪我恨我或感动
想假如 是无力的寂寞

台上乐器发出的声音混着台下男男女女的笑声和说话声，一时间有些嘈杂，整个世界在酒精的作用下更加喧嚣起来。歌手唱到深情处，闭上了眼睛，像回忆往事一样。所有人为他的动情表演鼓掌，掌声一时间如浪潮，淹没了"醉了"酒吧。

这段时间以来积蓄在他内心的种种终于全数爆发，他几乎是哭吼出来，大声地边喊边哭。情绪失控的方天霖也顾不上什么，鼻涕眼泪一起挥洒了出来。尽管如此，在此刻嘈杂的酒吧中，也没有任何人注意到他的失态，大家都各有各的伤悲。

除了那个服务吧台一带的小姑娘。

"你怎么了？"她放下手里的托盘坐在方天霖对面，又连忙抽出几张面巾纸递给他。

"走开！"他没有任何多余的精力应付陌生人。

"你还记得我吗？"她并没有被他的冷脸打击到，依然好脾气地笑着。

小姑娘伸出五指在他眼前晃，"嘿！你仔细看看我，是我啊！"

方天霖把头从双臂里抬起来，微微张开哭红的眼睛，看着眼前的这个女孩——和安晓月一样高的个子，白白的皮肤。恍神之间，他把小姑娘一把拉了过来，由于重心不稳，小姑娘落到了他的身上。

"是你吗，晓月？"方天霖喝多了。

姑娘从他身上起来，扯了一下被他拽歪的衣袖，大大方方地伸出一只手，"我不叫什么小月大月的，我叫沈燃燃。沈阳的沈，燃烧的燃，沈燃燃。"

这一刹那，和方天霖初见到安晓月时她伸出手来示好一模一样。

有时候时间和命运就是这样可笑。

"你真不记得我啦！"沈燃燃把衣袖撸开，露给他一只手臂看，"上次，你们几个还为我打过架呢！"

方天霖看到她胳膊上的六芒星，慢慢想起眼前的这个紫色头发的酒吧女孩，就是之前在"醉了"酒吧遇到的那个绿裙子女孩。当时他们整个宿舍的哥们儿为了行侠仗义，和几个社会上流里流气的社会"大哥"扭打起来，还为此进了派出所。

一时间往事涌上心头。

"我们不是为你，是为了行……"

随后他忽然睁大双眼，"你说你叫什么？"

沈燃燃。

如果他没有记错的话，上一世安父的慈善基金骗局最大的受害者就是她和她的家庭——沈燃燃患病住院，每日花费极高，她爸也就是王江的弟弟王国伦因为要不回先前投资的慈善基金而一举告发 YC，理由是这次主导慈善基金的 YC 公司的子公司并没有金融资质，所以这个慈善基金是非法集资。

后来王国伦被安父陷害入狱，剩下沈燃燃无依无靠，被伯父王江一家无奈收留。由于治疗需要的医疗费用高昂，王江和妻子对此也有较大争议，时常吵架，甚至王江妻子一度扬言要放弃沈燃燃的治疗。

而后方天霖在知道这一切的时候，毫不犹豫选择了资助走投无路的沈燃燃治病，这才让她的生命有了一点点延续的希望。

对了，她的病是什么来着？

方天霖昏睡前最后想起了，是癌症。

"我宁愿，这辈子没有遇到过你！"女生哭泣。

"晓月——"方天霖喊着她的名字从沙发上惊醒。

入目是一个陌生的房间。

方天霖头疼欲裂，看到茶几上自己的手机显示有十个未接来电。除了方天霁的一通，其他都是陈浩南打来的。

他还没搞清楚状况，一旁的厕所里突然走出来一个刚洗完澡的人，围着一条乳白色的围巾，袒露着上半身。

方天霖认真辨认了一下对方的样子，"你是……'醉了'的调酒师？"

高大帅气的男生头发上还滴着水，幸好屋里暖气够足。

"你也洗个澡吧。"调酒师擦着头发，有点嫌弃地扫视着方天霖。

"抱歉。"方天霖立刻发现自己的衣服上有吐过的脏污，已经能猜到自己昨晚给他添了多少麻烦，"谢谢你。"

"昨晚怎么脱你的衣服你都不肯，死死守着，于是没办法帮你换衣服。"调酒师抬眼瞄了瞄沙发，解释着。

方天霖意识到自己可能弄脏了调酒师的沙发，愧疚得有些不好意思。

"不用谢我，"男生刚刚拉开自己房间的门，想了想回头说，"我才没那么多闲心，酒吧里那么多醉鬼哪里管得过来，是沈燃燃，她当你是她的大英雄。"

话是这样说，方天霖还是在洗完澡时看到了男生放在门口的干净衣服，他心里很感激，为这种陌生的温暖。

"我回来啦！"门口突然传来关门声，沈燃燃摘下头上的棒球帽，抖落上面的雨水。

她手里的塑料袋冒着热气："油条和豆腐脑，我排了好长时间队呢！你们快来吃早饭吧！"

和那个在酒吧里穿着单薄的小姑娘不同，现在的她是齐刘海儿黑发波波头的样子，衣服也是简简单单的款式，看起来像是个普通的学生。

"不认识我了？"沈燃燃似乎很满意他的愣怔，指了指挂在透明橱柜里的紫色假发，"那个是假的啦！"

方天霖没有多问，又低头道谢："不好意思给你们添麻烦，我这就回学校了。"

"不差这一会儿啊，吃了饭再走吧。"沈燃燃有点着急，"你昨天都把胃吐空了……"

方天霖沉默下来，作为一个拥有成年人心智的人，他不能接受自己喝到断片失控，还这样连累陌生人的举动。可是酒精能让他忘记痛苦，忘记重活一世依然心有余力不足的崩溃。

"哥们儿，你叫什么名字？"方天霖坐在餐桌旁，跟一脸淡漠的调酒师搭话。

"林青木。"

"哦，你们是，男女朋友？"

"不是！"沈燃燃抢答，顺手又冲了一杯蜂蜜水给他，"喝了吧，胃会好点。"

方天霖蓦地想起那些在酒局上"九死一生"后，安晓月悉心的照顾。

"我回个电话。"他想把这些烦闷的感觉从心里赶出去。

"天霖！你夜不归宿去哪里了？"陈浩南的声音比平时多了几分苛责。

"喝多了……"方天霖站在窗户边，望向外面淅淅沥沥的春雨，更加揪心。

"你知不知道，昨天晚上巡楼的老师来了！你被记过了！"

人生至此，还能更糟糕一点吗？

02

"兄弟，你记得当初我失意的时候你是怎么安慰我的吗？"
刚下课，陈浩南就从后排座位蹿到方天霖旁边，一副要聊心事的
样子，"你跟我说说吧，别一个人憋着，有什么事情还能是兄弟
几个加起来都帮不了你的？"

陈浩南起身，一屁股坐在桌子上，其中一只脚蹬在座椅上，
刚要拍一把大腿做信誓旦旦的样子，结果视线落在方天霖手里的
草稿纸上。解题步骤里，他无意中写了很多安晓月的名字，有点
不知道从何说起。

"是成大贴吧那件事吗？"陈浩南扭个身坐了下来，脱口而
出的每个字都敲在方天霖心上。

他不说话，陈浩南当他默认了。

"我这个人比较直接，我不想站在什么道德制高点去指责你，
我只知道，兄弟我认识的方天霖是可靠的！就算你追姑娘的方式不

够光明磊落，可是以那种卑鄙口吻曝光的也只有人渣做得出来！"

是冯一志。

陈浩南话到嘴边又咽了进去，他前几天托计算机系的朋友查到了爆料人的 IP 地址，对方似乎也根本没想隐藏，稍微一查就知道了真实姓名。但是他突然不想告诉方天霖自己的这个发现了，因为他后面还有一系列替兄弟报仇的计划，不能跟方天霖说。

安晓月一走，明眼人都看得出来，方天霖的灵魂都被抽走了。

"就算天涯到处是芳草，我也不会劝你换一个，"陈浩南拍了拍他的肩膀，"因为爱一个人的感觉，不是说没就没了的。只是，生活还要接着过，对吗？"

这都是当初方天霖安慰陈浩南的话，如今全部"还"给他，方天霖只能苦笑。

这一世，终究还是功亏一篑。

"我没找到蒋海啸，我们三个去吧？"陈浩南坐在食堂最角落的位置，旁边是邵伯纶和对着手机念念有词的江川。

"这都什么事啊？"江川又仔仔细细看了帖子的内容，"我到今天都不肯相信天霖居然会做这种事，太离谱了。"

"哎，这不是重点！"陈浩南捏扁了手里空的可乐罐，"重点是曝光的这个人，简直可恶至极！"

"是啊……"邵伯纶赞同，"怎么会有人这么可怕，感觉一直在暗处偷偷跟踪别人，是变态吧……"

Be With You

我们最好的十年

我知道我终将会变成另一个
样子的自己，只是想在那之前，
我可以再多一点疯狂。

"如果真的是变态，我们三个还去找他？"陈浩南没想到说出这句话的人是江川。

在他的预估里，邵伯纶胆小怕事，很可能在听到打人的提议后有退缩，他也完全做好了跟江川两个人去帮方天霖出气的心理准备，谁知道有异议的竟然是江川。

"喔——"陈浩南稳稳地把易拉罐投入不远处的垃圾桶，"少废话，去，还是不去？"

"走吧！真的忍不了，天霖平时那么好的一个人，凭什么被害成这个样子，有什么话不能好好说，非要用这种下三滥的手段把人搞得无地自容！"邵伯纶率先站起来，"我他妈真的生气了，看不下去！"

邵伯纶平生第一次骂街。

江川无奈地摇摇头，"走吧，代表月亮惩罚他。月亮，特指安晓月。"

走在前面的两个人都没有理他。

关于主动找人打架这件事，在邵伯纶十九年的人生里是头一遭，他说不清心里那股勇气究竟来自哪里，只是觉得绝对不会后悔。

"对了，要不要叫蒋海啸啊？"都快走到成大了，江川突然说。

虽然蒋海啸因为出轨交新女友的事情跟方天霖断了来往，但是毕竟也是兄弟一场，这种事情他应该也看不下去。况且人多力量大，于是江川提议叫上蒋海啸一起，也算给个机会缓和缓和他和方天霖的关系。

"有道理！"邵伯纶点了点头。

江川把手机从兜里掏出来，"我去接应一下蒋海啸，你们俩先到成大里面盯好人，等我们到了，一起上手！”

堪称完美的作战计划。

陈浩南和邵伯纶率先进了成大，一路打听话剧社和冯一志的宿舍楼，在学校里溜了好几圈找他，几经寻觅后终于在他所在的院系教学楼里发现了他。

可江川和蒋海啸并没有出现。

邵伯纶把电话打过去，蒋海啸说他回了趟老家，且并没有接到江川的电话。

而江川的电话，关机了。

陈浩南看了一眼骨瘦如柴的邵伯纶，并没有退缩的样子。

“孬种是他，我不是。”邵伯纶一字一句说出这句话的时候，眼神盯着陈浩南看，他似乎早不是在寝室里畏手畏脚，最担惊受怕的那个小男孩了。

有阳光在头顶洒下。

“就是他了，”陈浩南指着刚从教室里走出来的冯一志，“看着人模人样的，私底下居然这么卑鄙！”

“怎么个作战计划啊？”邵伯纶问。

“嗯？作战计划？”陈浩南像是刚想起来。

“这样很不理智啊，”邵伯纶扶了扶新买的眼镜，“你想找人打架，还想在人家的地盘？没有周密的作战计划怎么行？”

“要什么计划！”陈浩南不屑，“他一个人，我们两个人，拉去男厕所，打一顿，替兄弟出完气就跑，他连我们是谁都不知道，不就完了？"他两手一摊，像是在说很轻松的事。

邵伯纶本还要再说，陈浩南猛地拉住他，"快走，一会儿人多了。"

冯一志大概从未想过自己会在成大的校园里被"霸凌"，他看着围住自己的两张陌生的面孔，一时间没有判断出他们的来意。

正是上课的时间，洗手间没有其他人，陈浩南想要速战速决，不给冯一志任何说话的机会，快准狠地把他拉到了厕所里间。

陈浩南发现冯一志反抗的力气很大，毕竟比自己大三岁，手上的劲一点也不小，"搭把手啊！"

邵伯纶上前，帮忙按住了冯一志的一只手。

"垃圾！人渣！爷来教你欺负人是要付出代价的！"陈浩南下手一拳重过一拳，脚下还不停踢着。

"呸！"冯一志一下子被陈浩南打得有点蒙，等回过神来，回道，"那你知不知道你们也会付出代价！"他肩膀使劲，脱开了邵伯纶的桎梏，用头顶开陈浩南的下巴。

"靠！邵伯纶你使点劲不行吗？"陈浩南被撞倒在地，还没爬起来就挨了冯一志落下的一拳，顿时眼冒金星。

"你们到底是谁，想干什么！"冯一志伸手指向被推倒在地的陈浩南和一旁的邵伯纶。

"小人的事你做了，我们就来教训教训！"邵伯纶义愤填膺。

冯一志该是反应过来他们跟方天霖有关了，坏笑了一番，"原来是冒牌大学的冒牌大学生啊，跑成大来撒野了？你们两个有没有双胞胎，冒牌的那种啊？"

他的每一句讽刺都重重落在陈浩南和邵伯纶心里，诚然北传只是一所普通到不能再普通的大学，和高高在上的成大确实没法比。可这世界上除了学历、金钱、权力之外，难道不是有一种更重要的东西叫作感情吗？

"我去你妈的！"陈浩南起身朝冯一志打来，两个人又一次扭打在了一起，明显的是陈浩南嘴角被打出了血。

邵伯纶心下慌乱，没想到这个冯一志路子这么野，他四下乱看，突然拿起洗手池边立着的拖把，朝冯一志的头挥去。

"砰——"。

冯一志应声倒地。

"你干吗啊？见血了啊！"陈浩南愣了，把吓蒙的邵伯纶叫还了魂。

"怎么办？"邵伯纶忍不住开始发抖。

"什么怎么办？趁没人，跑啊！"陈浩南的额头冒出了细密的汗珠。

"不行啊！"邵伯纶清醒过来，"人要是出事了怎么办？"他扑过去查看冯一志的伤势，"我只是想吓吓他，没真的想怎么样，不能把他扔在这里不管！"

"浩南哥……"邵伯纶的声音还在发抖，"你跑吧！"

"你说什么？"陈浩南以为自己听错了，那个胆子最小的，最怕受牵连的邵伯纶，居然会说出这种话？

"我说，让你跑啊！"邵伯纶不知道哪来的力气，狠狠把陈浩南推出洗手间，"人是我打的，我自己承担！一个人受罚，总比两个人好！"

"放屁！"陈浩南眼睛都红了，"说的什么鬼话！我他妈能留你一个人？"

"跑啊！"邵伯纶怒吼，"你回去了，才能去找天霖！才能给我想办法！否则咱俩赔在这儿，能管用吗？"

陈浩南呆立了片刻，突然，门口响起一阵急促的呼喊声，该是听见斗殴声前来的学生。他狠狠一拳砸在洗手间门边的墙上，转身离开。

"我问你个问题啊，"方天霖坐在"醉了"的吧台边，小口啜饮林青木给他调的新品，"如果你跟一对情侣是很好的朋友，但是你发现男生出轨了，你会告诉女生吗？"

林青木正在擦一只玻璃杯，想都不想地答："不会。"

对了，他不爱多管闲事。

"一定要说的啊！"沈燃燃听到立刻凑近二人身边，她毫不忌惮地拿过方天霖手上的酒杯喝了一口，"青木，这杯很烈啊！别给他喝烈酒啦！"

"为什么一定要说？"方天霖不打算再碰那杯酒了。

"两个人都是你的朋友嘛，那你是不是得帮着受伤的那一边？哪有亲眼看着自己朋友即将遍体鳞伤都不管不顾的？也不用'告状'啦！女生其实很聪明的，谈恋爱的时候都是柯南，你点到即止，她们都会懂的。"

"是吗……"

方天霖若有所思。

03

晚上熄灯前，通常是寝室最欢乐的时候，几个大男生一起联机打打游戏，或者聊聊今天有意思的事，偶尔还不得不听陈浩南吹一会儿牛，说起他曾经光辉的恋爱史，谁也不戳破他漏洞百出的故事。

那些时候是方天霖觉得最无忧无虑的时候，能忘记自己身负"重任"，能全心全意体会另一段截然不同的人生。

若要放在以前，当谁问起："能带着现在的记忆回到过去，你会愿意吗？"他大抵也是愿意的，去修正一些错误，去弥补一些人，当然，前提是不会与过去大相径庭。

"别他妈这么伤感了吧！"邵伯纶很少说粗话，这会儿有些受不了压抑的气氛。他把打包好的行李箱放在门口，看着沉默不语的方天霖和陈浩南，想缓和一下大家的情绪，"我好歹也上完了大一啊，对吗？此处不留爷，自有留爷处。"

他被退学了。

这件事情闹得挺大，毕竟上升到伤人了。

冯一志是谁，是吃了一分亏要讨回十分的主，他无法找出另一个动手的人，于是硬是逼得邵伯纶被退学。

江川在事发第二天便招呼都不打就换了宿舍，谁也没找他，谁也没去问问他为什么临阵脱逃，只有陈浩南一拳一拳砸在床板上，哭得跟个小媳妇似的，喋喋不休地说抱歉。

毕竟啊，这个世界就是这样。有人愿意为你掏心挖肺，就有人会把你骗得倾家荡产；有人愿意对你无微不至，就有人会在你危难时刻只想着他们自己。

"该道歉的是我。"方天霖从床上站起来，走到邵伯纶旁边，想跟他拥抱一下，却没有勇气。

凭空冒出来的那个人是他，有意无意改变了别人命运轨迹的人是他，带给所有人这样无法磨灭的伤害的人也是他，他有什么资格再跟大家称兄道弟，又有什么资格祝他前途顺遂。

邵伯纶主动抱了方天霖一下，"别吊着脸，老子那天没后悔，现在没后悔，以后也他妈不会后悔！"他心里还有很多想说的话，想说自己从小就很自卑，交心的朋友不多，从来都羡慕呼朋引伴的男生，羡慕血气方刚的青春，他被嘲笑了好多年的"娘炮"，他真的一点不为这件事后悔，更不为结识这几个兄弟后悔。

想当初来宿舍时，他害怕晚上夜聊被宿管老师记过，也害怕上课迟到早退拿不到好的分数，害怕酒吧打人那次拿不到三好生，更害怕宿舍煮火锅被人发现没了书读。

可是，谁也不知道，他最害怕的是无人认可。

说到这儿，他要感谢这几个室友，当中也包括临阵脱逃的江川。自己从小就是一个少有朋友的孩子，每次暑假寒假数他最孤独，总是觉得日子苦苦的。可到了大学，认识了这么一帮兄弟，一起为学院取消集体活动打抱不平过，一起为校主任受贿运作学生干部大动干戈过，一起为社会大哥欺负弱小女生路见不平，拔刀相助过，还有什么，比这些更青春，更壮美的呢。

"得嘞，爷走了！"邵伯纶扭头使劲擦了擦眼眶里止不住的眼泪。

其实江川也没错，他们三个都不怪他，谁也没道理为另一个人白白搭上自己的前途。

但是搭上了的，就必然得被记一辈子。

"你又来喝酒？"沈燃燃今天戴的是橘色的假发，笑得见牙不见眼，酒吧里的常客都知道她对那位新来的高高帅帅的大学生很感兴趣，"你是每天按时来打卡的吗？"

她从吧台后面的橱柜里取出一块巧克力蛋糕，"尝尝吧，我自己做的。"

方天霖眼皮都没有抬，"没心情。"

沈燃燃也不生气，围着他又唠叨几句就去工作了。

旁边散台的大叔把一切都看在眼里，他逗沈燃燃："丫头，那小伙子对你无意哦！"

"谁说的！"沈燃燃白他一眼，"你是没有看见过他为我打架的样子，可威风啦！"她只要想起那天的事，胸腔里就溢满甜蜜，看向方天霖的眼神也充满柔情。

吧台里的林青木淡淡瞥了她一眼，没说话。

连着两周了，方天霖夜夜都来"醉了"报到，起初还买酒，后来林青木都以"试新品"为名专门调制给他，不收钱，也不跟他闲聊，只在老板问起时搪塞一下。

他眼见着方天霖从一个有朝气的大学生沦落成了邋里邋遢的酒鬼，酒量是越来越好了，可是喝完酒说的醉话是越来越让人听不懂了。

有一次林青木和沈燃燃拖他回家，他硬说自己二十七岁了，还叫他俩小屁孩。

他们三个人的"友情"说也奇怪，林青木心里装着沈燃燃，沈燃燃一心向着方天霖，至于方天霖心里那个人，酒吧里的大家都知道，是一轮明月。

月亮不见了，他就黯淡了。

"你这是放弃自己的人生了？"林青木一反常态，好像对方天霖好奇起来了。

"嗯。"回答干脆直接。

林青木不擅长安慰人，他看到方天霖身后的沈燃燃，索性帮她问出了口："为什么分手？"

方天霖心烦气躁，他来酒吧就是为了麻痹自己不去想这些事，谁知道林青木今天吃错了什么药，对自己的事这么好奇。

"我骗她了！"方天霖自暴自弃，"我就是个骗子，欺骗她的感情！她发现了，就走了！"

"骗子怎么会这么难过。"林青木表情淡淡的。

方天霖瞥了林青木一眼，不知道这是认真的疑问句还是只是简单的讽刺，可林青木接着回了一句，"嗯？"该是真的想知道事情的原委了。

"你今天怎么这么多废话！"方天霖把面前的酒杯推开，想走了。

"天霖哥哥，"身后的沈燃燃凑过来，突然抱住了他的胳膊，他刚要甩开，看到她眼里噙着泪。

"我跟你讲讲我的故事吧。"

换成随便一个人，方天霖都会不假思索地走开，可是她是沈燃燃，是那个患了癌症还被骗光救命钱的沈燃燃。安父可以做到视若无睹，方天霖却觉得这份罪孽需要有人偿还。

十二号台的桌灯亮起，跟每一个纸醉金迷的夜晚一样。

林青木给两个人都倒了苏打水，离开的时候，罕见地揉了揉沈燃燃的头发。

沈燃燃就着他的手，忽然扯下了自己的假发。

几乎能看到头皮的发量，让即使有心理准备的方天霖也屏住了呼吸。

"悄悄告诉你，我呀，有癌症。"她两只手放在嘴边，不时敲打着脸颊，掀着嘴的样子可爱又俏皮。她丝毫不觉得这是一件多么见不得人的事情，于是跟心爱的人大大方方地分享这个小秘密。

在周围的人发现之前，她又快速地把假发戴了回去。

"所以我高中都没上完，我爸就许我辍学了。我不用每天跟数理化抗争，这是我得病以来觉得最好的事了！"

方天霖静静地听，没有要插嘴的意思。在上一世里，沈燃燃是到要上大学才患的癌症，而这一次，似乎一切都提前了。

果然命运无常。

"我跟你说，我爸真的是最酷的爸爸了！他让我把心愿清单上所有的事都完成呢！"沈燃燃说着，打开手机里的备忘录给他介绍，"文身、化妆、去酒吧、自己租房、见到喜欢的明星、有男生为自己打架……"她指着最后一项，"这个，是你帮我完成的哦！"

方天霖心里泛酸，喝了两大口苏打水，"你的病情，现在……"

沈燃燃拍拍胸脯，"你看我不是好好的？我现在吃靶向药呢，我的病不算晚期，保持乐观或许还有救。"毕竟年纪小，并不能做到云淡风轻地谈起这件事，眼角眉梢明明都是苦涩，却努力想露出笑脸，别提有多奇怪了。

"人生哪还有比自己倒计时更让人绝望的呢？"她橘色的头发在酒吧迷离的灯光里特别扎眼，明明是一副玩世不恭的样子，说出来的话却让人心疼不已。"天霖哥哥……"她语调轻柔，"你这才到哪儿啊？"

好像是怕惹他生气，沈燃燃难得乖顺地看着他的眼色。

粗略地估计，她还能有几年时间，在那之后，如果自己没赚来钱，就无法救助她。按照事情提前发展的轨迹，很可能不久后安富仁就会募集资金，而她爸爸就会因此入狱。在那之后，她怕是续不上治疗的费用了吧……

"你爸爸呢？"方天霖岔开话题。

"在YC！"小姑娘的眼睛里瞬间有了光，"厉害吧！大公司呢！"

"嗯……"

"而且啊，我爸爸最近要做一个大项目呢，他说之后就有机会晋升了！那时候我就能换进口的靶向药，就没有这么多副作用了！"她指指自己的头发。

"果然……"

"啊？"

"没什么……"

"所以天霖哥哥……我不是要特俗气特矫情地鼓励你，我就是想跟你说，你跟我不一样。"说这句话的时候，她认真得像一个大人，"你的人生还长着呢，对吗？你可以为了姑娘哭，为了失恋喝大酒，可是你不能放弃你的人生啊！你不要爸爸妈妈了吗？不要朋友和学业了吗？"想了想她又补充，"哎，学业你不想要就算了，学习太辛苦了。"

方天霖被她最后一句话逗笑，他掩面，不动声色地揩去眼角的泪。

下一秒，眼前的小姑娘却突然露出惊恐的表情。

她指着他的身后尖叫："两个方天霖哥哥！"

Chapter 4

春眠不觉晓

· 277

愿你有缠绵不断的陪伴，
也有独自前行的果断。

04

沈燃燃独自一人玩起了"找不同"的游戏。

"鼻子的高度一样，下颌线一样，连嘴角的弧度都一样……"
她喃喃自语，被先前逗她的大叔打断，"丫头，还认得出来自己喜
欢的是哪一个吗？"

"当然！穿灰 T 恤的那个！"沈燃燃仔细辨认过了脸庞，说真
的，要是换了衣服，自己肯定认不出了，只是她不想承认。

林青木看着兄弟俩，想起刚才方天霖说起的"骗感情"，心下
若有所思。

方天霖已经好几天没有见到哥哥了，他的鸵鸟心态空前强烈，
他觉得这件事中最抱歉的是安晓月，其次就是方天霁和邵伯纶。

"你躲着我干吗？"方天霁无奈地笑了一下，"还能躲一辈子
不成？"

"哥……"方天霖深呼吸，"对不起。"

"不用对不起，从我帮你那天开始，就知道我们兄弟俩接下来会不得不面对一些麻烦，只不过……没想到这么麻烦……"方天霁喝了一口酒，被嗓子里的辣意辣得闭紧了眼睛，显然他并不习惯酒精的味道，"还是没有联系到她吗？"

"没有。"方天霖把脸埋在双手中，呜咽着道，"换了电话，所有的通讯方式都把我拉黑了，我连她去哪个国家了都不知道，她……她们都……防着我。"

两个人沉默了一会儿，还是方天霁先开口："其实，让她冷静一下也好，任何人面对这种事，都会感到无所适从。等她想明白了，能感受到你的真心不是欺骗，或许还有机会缓和。可是小霖，你看看自己现在……等她有一天回来了，看到的是什么样子的你呢？学业荒废了，沉迷酒精，整个人萎靡不振。"

"哥，你说她还会回来吗？"

"那取决于，你有没有那个能力让她回来，让她相信你。"

一语惊醒梦中人。

陈浩南发誓，方天霖回学校上课是他大二新学期最开心的一件事了。

两个人都对从前的事绝口不提，也对江川视而不见，偶尔想起回老家帮父母卖壁纸的邵伯纶，都暗暗发誓要连带着他的那一份一起努力，奖学金什么的，三好学生什么的，一个都不能少。

因为自己拼命在北京立足了，才能为邵伯纶再取一席之位。

"方天霖，你最近的学习状态非常好啊！"辅导员把他叫到办公室谈话，比起大一时那个偶尔奇怪得令人头疼的问题学生，他这学期的出勤率和配合度都高了不少，几乎每一科的老师谈起方天霖，都会用"可塑之材"来形容。

"抱歉，以前让老师费心了。"这话是真的，方天霖坐在傍晚日头渐落的办公室，有点不好意思。

"这份资料你看看，"辅导员从抽屉里取出一沓装订好的文件，"是 ES 公司和咱们学校一起筹备的人才培养计划，原本只有大四的学生能报名，但是几位教授联名推荐了你和蒋海啸，我希望你能把握住这个机会。"

"ES 公司？"方天霖第一反应并不是惊喜。

"对，我知道咱们专业的学生都以进 YC 公司为最高目标，但是 ES 公司的发展前景非常不错，是很适合年轻人锻炼的平台。"

岂止是不错，ES 公司在未来的五年内会直逼 YC 的业绩，成为业界异军突起的黑马。

方天霖觉得手里的资料沉重了很多，他原本苦思冥想着应该如何阻止安父继续他的基金骗局，这下可能计划有变了。不过 YC 公司从来不要大四以下的学生，方天霖原本是没有任何机会干涉到慈善基金的相关事宜的。

眼下，或许正是一个天大的好机会？

"我去！"他掷地有声，"谢谢辅导员和教授给我这个机会！"

"我果然没有看错你！"年轻的辅导员慰藉地点点头，"大一时我还觉得你有些心浮气躁，现在，你完全没有问题了。"

又跟辅导员聊了一会儿，从办公室出来的时候，天已经黑了。

教学楼前面的空地上，有一个黑影，从身高和体型判断，是蒋海啸了。

"我一直在等你。"他抱着一只篮球，这是他们时隔大半个学期第一次说话，"斗牛？"

"好。"

篮球场边只有一盏路灯，另一盏坏了，偶尔发出滋啦滋啦的电流声，和着蝉鸣，特别像高考毕业后的那个夏天。

方天霖第 N 次故意用肩膀撞蒋海啸了，他却毫无反抗。

"不打了！"他狠狠把篮球砸在地上，篮球弹起高高的弧度撞在篮板上。"蒋海啸，你太不专心了！"

"天霖……"被嫌弃走神的人立在原地，声音染上一丝丝沙哑的哭腔，"对不起。"

"你没有对不起我！"方天霖双手叉腰，一滴滴汗水流下，他忽然想起无数次和他一起打篮球时的场面，那时候谁也不会想到有今天。

"是！我对不起莺莺，她跟我说她在国外端盘子打工挣钱，就为了买机票回来看我，她说你劝她别买，好好照顾自己，对吗？我都知道了……"蒋海啸哭得像个小孩，"我混蛋，我丢了女朋友还丢了哥们儿，你看不起我都是应该的。"

方天霖说不出任何一句指责他的话，"我知道异地恋很辛苦，"他说完苦笑，自己这根本算不上是异地恋，安晓月连联系自己的机会都没给过，"我应该多跟你聊聊。"

"我太自私，从前只觉得自己生病了，遇到麻烦了，想她了，都得不到回应，隔着几千公里的恋爱我感受不到温度，可是我没看到她有多努力在维系。"蒋海啸泣不成声地骂自己，"我会处理好身边的关系，只求你不要告诉她，我不想没有她。"

年少时的爱总是能轻易说出口，年少时的承诺也都显得分量轻，可是这心意啊，谁也不能抵抗它的来势汹汹。

"方天霖真是长本事了，"沈燃燃戳了戳趴倒在酒桌上的方天霖，"这么久没来我以为他改邪归正了呢，结果他还带着人来喝，还带着人一起哭，真是让人叹为观止。"

"方天霖就是本事大……"明明也已经醉得一塌糊涂的蒋海啸，听到之后接嘴，"我们俩要一起去 ES 了。"

"你说什么？"沈燃燃激动地摇晃蒋海啸的肩膀，"你们要一起去死？有没有搞错！"

"呕——"蒋海啸被她晃得恶心，胃里原本就有些翻江倒海，这下干脆扶着沈燃燃的手狂吐了起来，"谁要死，你才要死！"

沈燃燃知道自己听错了，也不那么紧张了，"是啊……我是要死的呀……"

林青木最见不得她拿自己的病情随意开玩笑，轻轻弹了一下她的脑壳，"笨蛋！你晃他干什么？怎么这么会给自己找麻烦？"

说到找麻烦，沈燃燃立马换了一副表情，半是撒娇半是祈求道："青木青木，今天也不能不管他吧，我们一起把他扶回家？"

"两个人呢，我背不动！"

"不用管他！"沈燃燃指着还在干呕的蒋海啸，"把他留在这里就好了，咱们只需要照顾天霖一个人。"

"喂，我能听见……你这个人有没有点同情心啊？"蒋海啸沙哑着嗓子。

蒋海啸还在抗议着，不知道谁的电话铃声响了——

"喂？哎呀，你别动这里！别乱动啊！"沈燃燃打着笨手笨脚的林青木，示意他换一个方向抬方天霖。

林青木没说话，他真的是羡慕极了方天霖，连抬一个喝断片的没知觉的人，沈燃燃都会这么小心翼翼。

"哎，姑奶奶啊。"

气温越来越高，从冷气充足的写字楼迈出的那一刻，就像是进了蒸笼。

ES 的面试比想象中还要顺利，主管给的实景题都是方天霖从前一步一个脚印真实经历过的，要不是他斟酌着回答，答案都能给这些主管们上一课了。

令他惊讶的是蒋海啸，他平时看起来没心没肺的，面试表现却非常好，也难怪能在日后快速升任 ES 公司的高层，带着陈莺莺出席 ES 和 YC 在高端会所的战略合作发布会，还见到了红极一时的女星励嫣然。

"天霖，"蒋海啸心情不错，"我觉得咱俩就是那种，怎么说，青年才俊，对吧，前途一片大好！"

"是。"方天霖难得配合他。

"我们去吃点儿好的吧？"蒋海啸指了指不远处的知名商场。

方天霖看到商场外墙巨幅的海报，想起安晓月曾经给他买过这个品牌的袖扣，心里一暖，"好。"

最近，他已经不会在想起她的时候沮丧和烦闷了，取而代之的是注入四肢百骸的力量。

他要变得更强大，更快成为她能依靠的人才好。

ES 公司跟 YC 公司不同，没有那么多固化的制度，就像辅导员说的，非常适合他们这样的新人学习和发挥，少了那些裙带关系的风言风语和刻意打压，方天霖觉得未来的人生都充满希望。

"对了，"两个人挑着阴凉的地方走，走在前面的蒋海啸突然转过身，"前几天我们去酒吧喝挂那次，有一个美国电话找你，是紫头发那姑娘帮你接的。"

05

　　美院新来的那个漂亮的中国女生真的很难接触。

　　这是大部分同学对安晓月的第一印象，跟她打招呼时她回应淡淡的，邀她参加 party 每一次都会拒绝，时间长了，当地的同学不爱搭理她，留学生圈子也没她的立足之地。

　　"听，又在房间里哭呢。"安晓月的留学生室友喻文跟自己的男友偷偷吐槽，"既然这么讨厌出国留学，干吗非要来，看着就烦。"

　　男生没接话，只记得惊鸿一瞥，安晓月特别好看。

　　明明是喜欢画画的，也是自己选择的学校和专业，可是她就是静不下心来。有人说，失恋之后忘记前任的时间，是在一起时间的一半。她和方天霖在一起的时间并不长，可是不知道是不是因为在最美好的时刻戛然而止了，分开的时间早已经过了一半，她却怎么都忘不掉他。

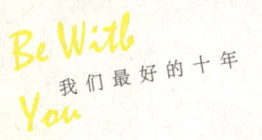

画布上的色彩一片阴郁，安晓月信笔涂鸦，只当是发泄自己心里的痛苦。

老师说过好几次从她的画中看到丧失的感觉，不是不好，只是，太容易把这样负面的情绪带给观赏的人。

才刚下课，喻文就一蹦一跳到安晓月旁边，她今天要去给朋友过生日，穿了一条修身的长洋装，成熟且风情万种，"我会晚点回家，你不要锁门啊。"

安晓月闷闷地点头，喻文像是被她影响了心情一样"哼"了一声走开了。

她收拾好画具，戴上耳机，准备去食堂买一份沙拉，再一个人走路回寝室。这几个月，她习惯了这种生活模式，没人结伴虽然有些孤独，可是也乐得清闲，免去了解释自己随时随地想他想到会哭的麻烦。

只是这些落在有的人眼里，她的安静和神秘都变成了吸引力。

安晓月拧开门把手，看到原本应该空无一人的客厅里坐着一个男生。

是喻文的男友，她点头致意，没有多停留，朝着自己的房间走去。

"你怎么没有去'生日趴'？"男生主动搭话。

"嗯。"安晓月礼貌地应了声，却不想回答。

"安晓月，你是成大毕业的吗？我有个特别好的朋友也在成大，他……"这是要聊天的架势了。

"不好意思，我不舒服。"她疲于应付，匆匆关上了房门。

之前，喻文不在的时候这个男生是不会来的，不知道今天怎么这么讨厌。

安晓月换上麻布裙的家居服，把自己扔在床上。

又一天要过去了，她愣愣地想，时间过得真快，心里的难受却并没有好一点。

"咚咚。"真烦，是喻文的男友在敲门，"我叫了披萨，刚送来，吃一点吗？"

"不了。"安晓月起身，觉得隔着房门说话不太礼貌，她打开一条门缝，"你自己吃吧，我说了不太舒服。"

男生趁机伸手，用力推开她的房门。

"别这么客气啊。"他嘴上继续邀约，眼神却肆无忌惮地开始打量她的房间。

披萨的香味蔓延，安晓月确实有些饿了，她买的沙拉还没吃，正放在书桌上。

"你只吃这个啊？"男生指着桌上的餐盒，"怪不得你这么瘦呢！"这一次眼神落在了她的身上。

安晓月被他不怀好意的目光盯得浑身不自在，"没什么事你就出去吧！"

男生听到并没有离开的意思，他把披萨放在安晓月的桌上，"你怎么这么不知好歹啊？"

看到她皱眉瞪自己，他急不可耐地介绍："因为你不混我们的圈子，所以不知道我是谁，"顿了顿，"不知道我爸是谁，不过没关系，我跟你说，喻文有的那些包啊，鞋啊，我都可以给你买，你做我女朋友吧？"

安晓月忍住没让自己嘲笑出声，这些人的感情就这么随便吗？

"出去，谁喜欢你买的包和鞋就找谁去！"

男生被她说得脸上讪讪，他还没被这么直接地拒绝过，一下子激发了他的好胜心。

男孩一把把安晓月按到床上，挑着眉毛对她说："跟了我，你不吃亏。"话还没说完，他就像一头失去控制的猛兽一样肆意地在安晓月身上翻动，他的唇探进她的脖颈，用力地吸。

安晓月大声叫着，奋力挣脱着他，没想到这种拒绝更加激发了他的禽兽欲望。他开始狂吻她的嘴唇，虽然她一直试图紧闭。由于叫喊声太大，男生有些气急败坏，用手捂住她的嘴，伸手就是一个巴掌打在安晓月的脸上。

"婊子！一天到晚装无辜，你就是在勾引人！"见她一直在挣扎喊叫，男孩更愤怒了，用力捂住她的嘴，另一只手开始在她身上摸索。

安晓月突然把手从他身子底下抽出来，用力地抓着他的手咬了一口。这一口下去，他的手几乎要被咬破了。由于痕迹重，担心被喻文发现，男孩赶忙起身。

"臭婊子你等着，给脸不要脸！"说完，倒是没有再难为她，重重摔门走了。

安晓月拿起桌上的披萨，二话不说打开门扔了出去，门外又传来男生的叫骂。

她快速地把门关上，又从里面反锁，确认他再也不可能进得来了，才一下子瘫倒在地上。

头发凌乱，衣服凌乱，心情凌乱，人生凌乱。

戴上耳机，一遍一遍单曲循环着他们曾经一起听的歌，直到眼泪流干，才沉沉睡了过去。

早上十点，安晓月被一阵大力的拍门声叫醒，喻文尖着嗓子在门口骂着什么。不必听喻文说的究竟是什么，单从"不要脸"

之类的字眼就能推断出不是什么好事，干脆也没开门。

昨晚没吃的沙拉已经蔫了，安晓月想起喻文男友的事，她这样发狂，多半也跟那件事有关吧。

手机已经充满电，安晓月拔下充电器，看到两百多条 QQ 群消息提示。

点开之后，发现留学生群里一片骂声，骂的人，是她。

喻文的男友昨天走后越想越生气，干脆恶人先告状，跟喻文说安晓月勾搭他。

女生本来就对安晓月印象不好，经不起三言两语的煽风点火，编辑了长长的故事情节发在留学生群里，控诉安晓月日常的不良作风。

一字一句，说得有鼻子有眼，不知道的人看着还真像那么回事，加上安晓月确实也没有几个朋友，所以群里一边倒地同情喻文，用尽各种不堪的词汇骂她。

安晓月哪里受过这样的污蔑栽赃，她气得手发抖，却也只能弱弱地敲出一句："我没有。"

"我没有勾引你的男朋友，我甚至没记住他的长相。"

"我没有高冷不想跟你们交朋友，我只是无法完全放下过去和现在。"

"我很想努力学好画画，想证明没了谁我的人生都会很好。"

她敲下的一字一句，都只换来了别人更恶毒的辱骂。

安晓月泣不成声，终于拨出那个烂熟于心的号码。

"喂？哎呀，你别动这里！别乱动啊！"话筒里传来一个温柔的女声，"喂？啊，不好意思，你找天霖吗？他现在可能没办法接电话，他……"

安晓月哭红着眼，匆匆按掉了电话。

是国内晚上十点钟的时间。

电话一直是关机的提示音，方天霖从 35% 的电量打到手机自动关机了。

沈燃燃投来好奇的目光，蒋海啸习以为常地解释："天霖最近的嗜好，不停地给那个美国的号码打电话，人家肯定是早就换了号码，打不通就别执着了呗。"

他们都猜到了大洋彼岸的人是谁，只是谁也没说出来。

沈燃燃眼中除了满满的歉疚之外，还有藏不住的失落，可是她却没有任何立场说什么。

"你们最近是不是很辛苦啊？学校和实习公司两头跑。"她有点担心方天霖吃不消，几天不见，他以肉眼可见的速度消瘦着，还好跟从前不一样，沈燃燃能感觉到，方天霖虽然瘦了，可是没有半点颓废气色了。

"超级辛苦，"蒋海啸感叹，"尤其是天霖，玩了命地磨练自己，搞得我有一天不加班或者不上晚自习都觉得愧疚，说出来我爸妈都不信！"他给自己的酒杯里加了几块冰，"燃妹子，你上次供应的那种巧克力口味的蛋糕，还有吗？快给我们补充一下体力。"

"有是有，可是天霖不是不爱吃甜食？"

"你有没有基本的社交觉悟，他不吃我就不吃了？"蒋海啸从吧台顺手抽了一支吸管敲沈燃燃的头，"不给就不给！爷还不稀罕呢！爷的女朋友现在什么饭不会做啊！满汉全席你听过没？"

两个人闹哄哄地在一边玩笑，方天霖却实在轻松不起来，安晓月是不是又误会自己了？

她一个人在国外，也不知道过得怎么样，是不是很辛苦，是不是跟陈莺莺一样学会了做很多菜……

无论如何，自己都要更快一点变得有担当！

"不好意思，魏总下午有会，你晚点再来吧。"

魏延明的秘书客气地拒绝了方天霖要见面的请求，她实在想不通，这个新来没几个月的实习生一直要见魏总做什么。

就算公司再怎么没有天花板，他这样越了好几级见面也不合适啊。

奈何还是个油盐不进的，硬是傻愣愣在这里等着。

魏延明也真是够忙的，都过了下班时间两个小时了才从会议室出来，看到他，方天霖有点想笑。

陈浩南以前说什么来着，这样穿西装三件套的，一看就不是什么好人。

他刚想去握手，忽然反应过来自己如今的身份可不是跟魏延明谈合作的方总了，于是鞠了个躬，谦虚地叫了声"魏总"。

"你是？"魏延明停下来看他。

"我是市场部新来的实习生，想耽误您时间汇报一个情况。"

魏延明心里嘀咕，这市场部的事什么时候要给他汇报了，这实习生是真不懂职场规则呢，还是有什么事？

"进来吧。"他决定不打压新人的积极性。

方天霖把早在脑子里过了好几遍的关于 YC 慈善基金的事和盘托出，末了又建议道："魏总，这次投资，是拿到 YC 股权的好机会。"

魏延明半晌接不上话。

YC 的安董要成立癌症慈善基金的事，并不是什么大秘密，业界高层都知道，据说他们连代言人都请好了，是一位新晋女星。只是这事从一个刚上大二的实习生嘴里说出来，显得有些诡异。尤其是，他还一本正经地建议魏延明以个人名义进行捐助，说是一本万利。

"小方是吧，"魏延明盯住他的胸牌，"哎，你都是从哪里听来的啊？"

"我女朋友，是安董的女儿，安晓月。"方天霖面不改色。

他想好了，魏延明这个人不地道，不可能出于道义帮他阻止这件事，上一世，他连自己的朋友王江都瞒着，没皮没脸地去 YC 要肮脏的股权，可见有多唯利是图。让他提前知道，再撺掇他去掺和，只是想通过他让自己那个黑心的岳父清楚，这件事情的内幕早就败露得连 ES 的人都知道了。希望能以此，关上他以慈善敛财的这扇门。

虽然方天霖心里清楚，阻止了一次，很可能还会有下一次。

可是他想起沈燃燃的遭遇，想起无辜受牵连的人，就觉得自己不能不管。

"你女朋友是安董的女儿，你为什么要跟我说这基金的内幕？你这不是胳膊肘子往外拐？"魏延明自然不是那么好利用的。

方天霖确实很想动用一下自己的胳膊肘子，不过是想打他。

"魏总，不瞒您说，我是希望实习期过了之后，能顺利留在咱们公司，希望您到时能帮帮我。"

原来是有求于他，可这更加不可能。如果是为了一份工作，大可以借着安晓月的身份进入 YC，何况岳父都是安富仁了，又怎么会差一份工作。

魏延明笑，"这样啊……不过你说说看，为什么你没去 YC 实习？"

"安董……他看不起我是个穷小子，觉得我配不上她女儿，我才不去他的公司。"这句倒不假。

方天霖记得魏延明也是白手起家，自己的经历他或许能理解几分，只是要完全让他相信自己，并不是这么简单的，不过，只要他坐不住去查了，以岳父的能耐，立马就能听到风吹草动，阻止安富仁的肮脏交易这件事情的目的就达到了。

当魏延明脸上露出精明算计的表情时，方天霖知道，这事算是成了。

06

连着一个月不停歇的两边战斗，方天霖再强的意志力也架不住身体的抗议。

他躺在医院的病床上打点滴，方天霁坐在他身边削苹果，说他也不是，不说也不是，想让他振作起来的是自己，看到他这么拼命，心疼不已的也是自己。

只不过他不知道，弟弟如此努力，不光是为了重整旗鼓开始新的人生，也不光是为了以更好的自己迎接安晓月，为的，还有阻止安富仁，挽救更多的人免受破财之灾。

"哎，"他把苹果递过去，"妈可是在电话里严厉批评我了，说我没照顾好你。"

"你可不是没照顾好我么！"方天霖翘着二郎腿，虽然医生说他免疫力下降是由于长期熬夜、作息不规律，还心情不好……

"你少喝点酒吧。"方天霁瞪他。

"我没多喝啊，我现在一个月顶多去酒吧一次，还是因为蒋海啸跪求我去放松一下。"

"是是是，是我跪求你。"门口传来蒋海啸的声音。

他一下课就跑来了，跟陈浩南一起收拾了一些方天霖的衣物，顺便买了一束花篮。

"你是不是有病！"方天霖笑得要岔气了，"你买花干什么！恶心谁啊？"

"是吧？我也觉得他有病，"陈浩南帮腔，"我让他买牛奶或是水果吧，他说你不缺。"

"我是不缺！牛奶和水果也不要！"方天霖偏头看了一下沈燃燃和林青木送来的燕窝补品，更加无语了。

蒋海啸摆好花篮，屁颠屁颠凑过来拍他，"你就说你这小身板吧，还给爷当榜样呢，结果还不如爷。"

"喊！"方天霖踢他。

方天霁知道他们寝室几个哥们儿的事，如今看到三个人关系很好，很是欣慰。

"对了，你不是让我帮你问燃妹子家里的情况么？我问了，说是他爸晋升无望了，什么项目黄掉了。"蒋海啸帮他看着点滴瓶，"哎，我去叫护士来给你换药。"

按照上一世的时间推算，新闻上没有爆出女星代言慈善基金会的事，那多半就是没戏了。方天霖虽然有一定的把握，但还是在听到这个确切的消息后才放下心里的石头。

"这就是你心情不好住院的原因？"陈浩南问，"你不是单恋晓月一枝花吗？什么时候对酒吧那个姑娘也上心了？"

方天霁也好奇地看过来。

"去去去，不要污蔑我对我媳妇的真心。"不知道从什么时候开始，方天霖已经在他们几个面前称安晓月为"我媳妇"了。除了他自己心中无比笃定以外，没人肯相信。

"我今天终于可以美美地睡一觉了。"方天霖把苹果核丢进角落的垃圾筐，"等睡醒了再打怪吧！"

"打什么怪？你想玩游戏？"陈浩南被他说得心痒痒，他很久没有跟方天霖一起打游戏了，他们服务器的"霖神"一直不上线，他早就被游戏里的人虐得体无完肤了。

"不，打真的怪，残害社会的败类。"

"天霁哥，"陈浩南眉头一皱，"你管不管他？他又不说人话。"

在医院里躺了三天，方天霖觉得自己的骨头都软了。

只是方天霁坚持不让他出院，不许他用笔记本电脑，任他怎么反对都无效。

所以每次有人来看他，他都恨不得拉着人聊几个小时。

辅导员是带着好消息来的，他和蒋海啸都顺利地通过了 ES 公司的考试，提早拿到了 offer，工资也远超过同龄人。

"咱们系里，好几年没有出你和海啸这样的人才了，上一位特别有出息的还是你们的一个学姐，叫凌灵。"

"咋不叫零零七呢。"方天霖贫嘴。

辅导员心情很好，他看着这个大男生从有些阴郁的性格变成现在这样开朗，觉得自己做了一件好事。

"别贫，人特别优秀，现在是知名策展人。"

"策展人？"方天霖来了兴致，"画展也行吗？"

"是啊！最近上海好几个展都是她操办的呢！"

上一世安晓月没有出国留学，只是业余画师，主业就是策展人，也因着职务之便，开了几场自己的画展。

那时候方天霖工作忙，出差不断，竟然一次也没有到场支持过，还不如冯一志这个"普通朋友"。

方天霖问辅导员要了学姐的联系方式，苦口婆心地跟她介绍安晓月。

"你连她的作品都拿不出来，光靠你一张嘴，我怎么信啊？你说得再天花乱坠有什么用？"学姐回绝得很直接，也让方天霖想通了，自己应该首先了解安晓月现在的情况，而不是基于从前对她画作的印象。

他征得学姐的同意，以她公司的名义给安晓月发了邮件，希望她能发一些作品给他们看看。

没过两天，就收到了回应。

快半年的时间，那个外表坚强内心脆弱的小女孩，早就变成了外表和内心一样无畏的姑娘。她已经在学院办过一次自己的小型画展，她依旧独来独往，只是身边却多了很多"粉丝"。

方天霖看着电脑页面逐渐加载出来的作品，那些灵动的线条和色彩无一不彰显着她的天赋。

他就知道，她经得起更大的赞誉。

只是跟从前不一样，她的画面多用冷色，仿佛展现着画师清冷卓绝的性格。

这是他的安晓月，无论变成什么样，他都知道，这是他的安晓月。

凌灵接到方天霖的电话时，正在拜访一位知名画家，学弟激动的声音传来，她不得不让听筒远离自己的耳朵。

"学姐！你看到了吗！她的画简直惊艳啊！"

"谁的？"画家问。

凌灵打开邮箱，触目是一系列有主题的作品。

"确实不错呢！"她赞同，随后灵光一闪，"许老，您看，明年的画展咱们空着的展位还没找到合适的作品，您觉得这位画家的风格怎么样？"

老画家看了会儿她手机上的图片，不冷不热道："哼，你们现在的年轻人都用手机、用电脑看画，这能看出什么？有什么风格可言，颜色都不一样了！"

见凌灵不接话，又轻咳一声，"让她照着我们的主题，再画一幅，画得好了再说。"

这就是答应了。

凌灵在心里开心道，得让她这位帅气又痴心的小学弟好好请自己吃一顿大餐。

"重启人生？"安晓月对着电脑屏幕失神，这算是什么画展主题？

可是对方画家名头太大，是她一直仰望和膜拜的前辈，绝对是个不容错过的好机会。

"关于这个题目……"安晓月敲着键盘回复，"您有什么建议吗？我的想法或许比较单一，想听听您的感觉呢。"

方天霖正在准备大二的期末考试，看到电脑上弹出的邮件，忍不住浮想联翩。自从先前与安晓月取得联系后，他就一直以一位叫做"袁布杰"的策展联络人自居，与安晓月对接着一切关于画展的事情。

除了对接画作和行程以外，他还负责"善意地提醒"她的作息、饮食和运动。由于关怀真诚，再加上一直赞许的鼓励，甚至有时候安晓月都会把他当成唯一一个还不错的朋友，跟他偶尔聊聊近况和心里话。

从他三年前睁开眼睛开始，他的人生就被重启了，自此之后，命运让他饱尝了"牵一发而动全身"的滋味。他拼尽全力想做到的，实现的，都是和她在一起，从未动摇。

"如果你现在，能回到过去的人生中，你想回到什么时间节点呢？"方天霖点完发送，手心出了汗。

"大四的时候吧。"她没有思考太多的时间。

"是有什么遗憾吗？"他问，浑身僵硬。

"有的。"她回。

冷白色的光照在方天霖脸上，他一时之间竟然不敢再继续这个话题。

或许是迟迟收不到回复，安晓月自顾自说下去："我知道要带着什么样的心情画了，谢谢您。"

电脑荧幕的光灭了，寝室里恢复了一片黑暗，陈浩南的呼噜声震天响。

"如果重启人生，你会抹去我存在的痕迹吗？"

07

一年后。

外滩的夜景真的很美，轮渡在黄浦江面缓缓驶过，游客在合影留念，方天霖站在七层观景台，将一切尽收眼底。

凌灵举着香槟靠近，看到他又紧张又激动的样子忍不住笑道："我们北传最年轻的荣誉校友，又不是第一次主策划活动，怎么还这么上不了台面？"

"上什么台面，"方天霖故作镇定，跟她碰杯，"也不是我的主场。"

"可是是你一手促成的呀！"

今晚是画展的庆功宴，从未露面的画家 Moon 将会从美国专程飞回来参加，在场的人，除了方天霖知道她是谁以外，其他人都不得而知。今晚来的大都是媒体和业内人士，他们想要一窥这位神秘的新秀画家的真面目。

"紧张？"凌灵不依不饶。

当然紧张，原本只想默默为她做一点事，不让她知道的，可是当这一天来临的时候，却还是无法按捺住激动的心。

艺术馆里，那幅吸引最多人驻足观赏的画叫作《待续》，画面是夕阳下的土耳其风景，气球和亲吻的两个人都镀着金色的光芒。她的画终于不是孤寂的调子，终于让他看到了些希望。

她在用这幅画告诉他："如果重启人生，她会跟他一起踏上这最向往的旅途。"

方天霖第三次在玻璃的倒影上确认自己的领带正不正，抓起来的头发是否整齐精神，周围的人来来往往，熟悉的媒体人来跟他打招呼，不熟悉的也互相致意，没有人知道他怀抱着多少期待。

"叮——"他的手机响了，这一年来，安晓月只通过邮件跟他联系，没有打过一次电话，连聚会的地址也是他用邮件发给她的。

他没有接电话，而是脚步忙乱地朝外跑去。

想见她，特别特别想见她。

想把她拥在怀里，问问她一个人这么久辛不辛苦，问问她是否能原谅自己鲁莽的打扰，问问她喜不喜欢他替她张罗的一切。

"抱歉。"方天霖撞到端酒的侍从，玻璃杯噼里啪啦碎了一地。

"天霖？"安晓月站在门口，银色的裹身裙，黑色的长发，如记忆里一般无二。

这一刻，所有人都成了背景，所有声音都消失了，她像在他无数个梦里一样，美得惊心动魄。

她站在原地，目光温柔地看着他，没多久，嘴角扬起了一个好看的弧度。是的，她笑了，她没有愤怒，也没有依然不想见到他。或许一切早在时间的发酵下释然了吧，不是说时间可以摆平一切吗，我们想要的不想要的，它都会一并给我们答案。

没多久，她的眼泪就率先不争气地从眼眶里流了出来。

没有一句废话，他大跨步上前，一手把她拉进自己的怀里，紧紧地拥住，再也不想放开。

她没有推开他，而是任凭眼泪流淌而下。

片刻后，她轻轻环抱住他。

思念溢成河，思念像疯长的植物，思念是鎏金烛台上闪烁的烛光，铺满整个世界。抱在怀里依然思念，紧扣双手依然思念，额头相抵依然思念。

因为这是他，两世的思念。

他轻轻搂着她的腰，出现在众人面前。

好像从前婚礼时那样，每个人都来祝福，每个人都眼带笑意。

"怪不得这么尽心尽力，怪不得藏得这么深，"凌灵笑他，"你小子有福气！"

方天霖当真像个傻呵呵的新郎一样，谁敬酒都替她挡掉，这些年磨练的应对进退统统忘了个干净。

他开心啊，他的月亮回来了。

当人潮散去，原本灯红酒绿的天台暗了下来。

安晓月一个人望着夜景出神，方天霖脱下西装外套给她披上，又小心翼翼从背后将她环住。

她没有反抗，侧过脸来看他。

这一整晚，她都没说过几句话，方天霖替她推掉了所有的媒体采访，他想要自私地享受独处的时间。

"你变了很多。"安晓月转过身。

她的大男孩，那个即便撒谎也要跟在自己屁股后面跑的学弟，那个雨天背她回寝室，陪她拔牙，过年时跑去南京给她惊喜的大男孩，变成了真正的男人，变成了能懂她的画，能和她一起完成梦想的男人。

"你没有变，还是这么漂亮。"他看着她，充满笑意。

"还好吗，一切。"她轻声问着，多么想要了解她不在的这些年头里，那些空白是谁来帮忙填补的。

"除了想你，一切都挺好的。"他毫不避讳，接着问她如何。

她吸了吸鼻子，又不由自主地笑了出来，看向灯火通明的远处，"早想开了，或许时间就是这样强大吧。"

"还生气吗？"他走过来拉住她的手，把她的腰抵在玻璃围栏上，"敢说生气我就跟你一起跳下去，明天新闻写知名画家跟男友殉情。"

安晓月低笑，"谁要跟你殉情，刚还说你变了呢，一点也没有。"

"那就是承认我还是你男友了哦！"他挑她的话柄，"这次回来，还走吗？"他问到了最重要的。

安晓月假意思考，看他满面愁容才决定不吓唬他了，"看你表现。"

"一定让你满意！"他一把将她横抱起来，朝电梯走去。

"干什么啊！"安晓月吓了一跳，立刻搂住他的脖子。

"带你看看朕为你打下的江山啊！"他笑。

进了电梯才把她放下来，他却再也忍不住，温柔地吻上了她的双唇。

电梯开门的时候，一个巨大的电灯泡站在门口。

"方天霖，你可太不仗义了，说好的一起等一年呢！"蒋海啸完全没有不要打扰到别人的自觉性，"我给你把媒体都送走了，你抱得美人归是吧？放手放手，也让我抱一下！"

"去你大爷的！"

方天霖从来不知道，在她面前完完全全做自己，能让他感受到发自内心最单纯的快乐。

夜风吹过城市，吹过恋人紧握的双手。

没人想打破这一刻的宁静，除了冯一志。

走出电梯的一刻，冯一志迎面走了上来，在他之后出现的，是ES公司的魏延明。

"好啊，方同学，骗完我，又来骗画展来了？金钱和艺术摆在一块，不会发臭吗？"魏延明笑着。

"我不懂您在说什么，还有事，告辞了。"方天霖拉着安晓月就准备走，蒋海啸一头雾水，虽然他意识到可能要有坏事发生。

"别走啊，"冯一志拦住了去路，"有本事游说魏总从 YC 手里抢走基金会的募集项目，搞得现在赔得不行，就应该有本事面对面道个歉不是吗？"

"一志，你在说什么？"安晓月终于开了口。

冯一志侧了侧头，目光凶狠地朝着方天霖接着说："快和这个曾经被你玩弄过的女人解释解释，你是怎么把她爸手里的项目给活生生抢走的。潜入 ES 公司打探 YC 的计划和机密，结果转手兜售给了魏总，让魏总从安富仁手里接过这个慈善基金会，结果发现是个烂摊子，还什么股权，连本都保不住了好不好。"

安晓月听傻了眼，她只是听安父说起过一个慈善基金的项目黄了，被人抢走方案率先做了，投资在要代言的女明星和前期筹备工作上的几千万就此打了水漂。那年，安父因此让出了十个百分点给其他股东，以示歉意。

但是她绝不知道，这事竟然与方天霖有关。

"怎么回事，天霖？"安晓月的眼里充满疑惑。

"说吧，你是从哪儿知道安富仁这个项目的，又是如何知道这个项目的相关负责人是谁，更是如何与他们取得联系博得信任最终抢走送给 ES 作为你的实习录用礼物的。"冯一志的每一个字都像是匕首，生生刺入安晓月的胸腔。

她绝没想过，回来的这天会遇到方天霖。

可是她更没想过，就当破镜即将重圆的时候，听到这个晴天霹雳的消息。

眼前这个男人，是自己的心爱，可竟然也是父亲的敌人。

方天霖咽了咽口水，走到安晓月面前，喉咙微微松动，"叔叔确实要利用基金会卷走一大笔钱，这是非法的，YC 没有金融资质。可能这对于你而言接受是困难的，但是有太多的人会因为这个项目倾家荡产，包括一个患了癌症的女孩。我不是觉得自己有多高尚想要拯救谁，我只是看到了，就无法坐视不理。无关这个犯罪的人是谁，也无关我对你的感情。"

"是那个接电话的女孩吗？"安晓月的眼泪一下子流了下来。

在大约五秒钟的沉默之后，她得到了这个肯定的答案。

"所以你为了她，不惜让 YC 蒙受几千万的损失，甚至你宁愿靠这种方式来解决问题，你都不想和我商量商量，问问我是什么想法，有没有办法？"她无法理解方天霖的自作主张，也无法理解突然间的这个秘密。

"或许你误会我爸了呢？"她的眉毛皱成弧线。

方天霖拉住安晓月的手，"人一旦变得利欲熏心，就再也回不了头，贪婪一旦开启，便是无法抑制的欲求！晓月，这件事情我会慢慢和你解释……"

"不必了！"安晓月大喊了一声，随即甩开方天霖的手，一步一步消失在了视线里。

他看到她远去的背影，刚要开口，却一阵头晕目眩。

轰隆声传来，地面开始塌陷，潮水翻涌，远处的霓虹灯混沌成一片……

尾声
有的梦像一个世纪那样长

我 们 最 好 的 十 年

"喂"的一声，方天霖从满头大汗中醒来。

一旁的安晓月紧皱着眉头，一边拿纸巾擦着他脸上的汗水，一边问:"怎么了你，又做噩梦啦?"

方天霖的眼神有些颤抖，大约七秒钟后，他辨识出了眼罩别在脑门上的安晓月以及这架飞往土耳其伊斯坦布尔的飞机。耳边传来引擎的声音，虽然吵闹，却有一种真实的幸福感，客舱里的灯光暗着，只有零星几个乘客开了小阅读灯。

看着身边安然无恙的安晓月，他一把将她揽入怀中，紧紧抱住再不松开。她能感觉到肩膀有热热湿湿的眼泪，也能感受到他的心跳。

失而复得的感觉真好。

那一个世纪那么长的噩梦终于结束了。

方天霖透过飞机的舷窗往外看了看，天刚蒙蒙亮，随即他听到空乘的广播声响起——

"女士们，先生们，我们的飞机受不稳定气流的影响，可能会有持续性的颠簸，在此期间，请您在座位上坐好并系好安全带，洗手间暂停使用，谢谢您的配合……"

番外
要说再见的时候

我们最美的十年

The night is long that never finds the day.

《麦克白》第四幕第三场中说："黑夜无论怎样悠长，白昼总会到来。"

可每一个白昼到来的时候，无论是美梦还是噩梦，都会醒。而醒来之后，生活往往还是继续倾倒着一地鸡毛。

如你所料，土耳其之旅自然没有顺利进行下去，这从安晓月和方天霖并没有更新的朋友圈就可以得知了。

所有未解决的问题都不会凭空消失，它们好像在等着嘲笑他大梦一场后，回过头来依然不得不扎进从前的麻烦里。

比女星绯闻更甚嚣尘上的，是安富仁被举报非法集资并逃逸的新闻，以及新闻末端那句："据悉，他的女儿安晓月、女婿 YC 集团总经理方天霖日前已逃往国外，暂时无法取得联系。"没有马赛克，也不模糊，安富仁的照片出现在头条新闻上，方天霖和安晓月也没能逃过八卦小报。

人们津津乐道富商的丑闻和家事，对他贪污的巨款和案件的始末都兴致勃勃。

安富仁的金融案闹得比想象中严重，除了非法集资以外，王江弟弟的冤案也被翻出来重审。而背地里举报这一切的，有人说是魏延明，还有一种说法是冯一志和其他几位早就蓄谋已久的董事会董事。谁也不知道其中发生了什么，也不知道这场错综复杂的阴谋究竟是怎么一回事。人们只知道，公司董事会成立了调查此事的临时小组，由冯一志带队。

安富仁不见了踪影，狠心的他甚至都没给安晓月留下什么信息，只有人去楼空的寂寞。梅姨说，这阵子家里都没人来访过，门外守着记者，她一直待在家不敢出去，也没接起过谁的电话。

安富仁就好像人间蒸发了一样，没人知道他去了哪里。

在事情发生的第二天，突然有个陌生男人来家里敲门。

听到敲门声，梅姨就把方小恺送到了楼上的房间，毕竟这几天来的记者或调查的人太多了，对少不更事的小恺而言是一种打扰。

男人近三十岁，中等身材，腰间系了一条名牌的腰带，手里拎着一个名贵的手包，眉头紧锁地叩着门。梅姨几经询问，才知道这是安晓月大学室友余姗姗的丈夫。

男人是来取离婚协议书的。

那个藏在抽屉里的离婚协议书，其实根本不是安晓月的——室友余姗姗和她丈夫结婚两年，总是吵架，余姗姗一气之下提出离婚，签过字后却被安晓月制止了，她拿走了余姗姗的离婚协议书，并劝她三思。

"阿姨，我今天必须得翻出来那个协议书！"余姗姗早前已经在离婚协议书上签了字，但是现在的她似乎有些想要反悔，因此当男人拿一份新的协议书给她的时候，她拒绝签字。

于是，男人必须要找到这份协议书，离婚才可以生效。

"这个家，你翻不得，等晓月他们回来了，你再来。"正值敏感时期，梅姨是不会让这个陌生男人随意地在家里翻东翻西的，"也不差这几天。"

男人又一次皱紧了眉头，"新闻我都看了，晓月微信不回，电话不通，我看是跑路了！"

梅姨没有理会他，起身准备送客，"再几天就回来了。"

"那万一他们不回来了呢！"男人情绪上来了，扯着嗓子大喊了一声。

梅姨也横起了眉，起身把男人轰了出去，一边推搡一边说："胡说八道什么呢！怎么会不回来，怎么就会不回来呢！"

"啪"一声，门紧紧关起来了。

男人掏出手机，又给安晓月拨了电话和微信语音过去。还是老样子，电话那端并没有被接通。

他气愤地挂断电话，把手机塞进手包里，双手叉在腰上生闷气。

"他妈的。"男人继续发着牢骚，他点了根烟，用力吸了一口，又慢慢吐了出去。烟雾缭绕在空气里，绕成一个又一个的圈，随即缓缓消散。

他烦躁地抓了抓脑袋。

接着，汽车的开锁键被按响，随着"哔"一声，汽车的尾灯闪了闪。

他走向停在路边的车，拉开车门，把昂贵的手包往副驾驶座位上用力一甩，坐下后便"哐当"一声把车门关了起来——

"真是服了！怎么联系都联系不上，难不成飞机真失事了啊！"

他抱怨着。

男人抬头，准备发动车子。

不远处，一个女孩朝这边跑来。

她染着紫色的头发。

图书在版编目（CIP）数据

我们最好的十年 / 苑子豪著. -- 北京：中国友谊
出版公司，2018.10
ISBN 978-7-5057-4513-1

Ⅰ．①我… Ⅱ．①苑… Ⅲ．①长篇小说－中国－当代
Ⅳ．①I247.5

中国版本图书馆CIP数据核字(2018)第220369号

书名　我们最好的十年

作者　苑子豪 著

出版　中国友谊出版公司

发行　中国友谊出版公司

经销　新华书店

印刷　大厂回族自治县德诚印务有限公司

规格　880×1230 毫米　32 开

　　　10 印张　222 千字

版次　2018 年 10 月第 1 版

印次　2018 年 10 月第 1 次印刷

书号　ISBN 978-7-5057-4513-1

定价　45.00 元

地址　北京市朝阳区西坝河南里 17 号楼

邮编　100028

电话　（010）64668676

如发现图书质量问题，可联系调换。质量投诉电话：010-82069336